Ingo Schulze
Christine Traber

HENKERSLOS
Ein Märchenbrevier

Mit Illustrationen von
Sebastian Meschenmoser
und einem Nachwort von
Norbert Miller

Hanser Berlin

Inhalt

Zwei Leben 7

Hierhin, Dahin und Dorthin 11

Wagemuts Töchter 21

Reidober, reidober, im Wasser Zinnober 29

Vom harthörigen Sultan 41

Der garst'ge Blubber 55

Henkerslos oder Wie das Leben vergeht 63

Die Geschichte vom Großwesir und seiner Geschichte 79

Märchenmuster

Nachwort von Norbert Miller 95

Zwei Leben

Weil es ihm so gefiel, trat der Herrgott zu einer jungen Frau und sprach ihr zwei Leben zu. Sei das eine verwirkt, so habe sie alsbald ein neues und könne es, grad wie sie es wünsche, zum Besseren oder Schlechteren führen. Die junge Frau wandte sich daraufhin freudig ihrem Verlobten zu und hieß ihn sogleich ein Abenteuer suchen, das ihm Ruhm und Reichtum brächte. Mit diesen Gütern solle er sie dann beglücken, und darauf könne die Hochzeit in Saus und Braus gefeiert werden. Der Bursche zog eiligst aus, fand auf einem Schatz einen Drachen thronen, besiegte ihn aber nicht, sondern starb an der tödlichen Wunde, die er sich im Kampfe zugezogen hatte.

Auf den Siegreichen treulich Jahr um Jahr wartend, wurde die junge Frau alt und älter und lag schließlich auf dem Sterbebett. Dort hob sie in ihrer letzten Stunde die Hand, der Herrgott ergriff sie und tröstete sie, daß ihr ja noch ein zweites Leben bevorstünde. Die Frau schloß die Augen, und als sie diese zum zweiten Leben öffnete, verlobte sie sich alsbald von neuem. Zu ihrem Bräutigam aber sagte sie: »Laß mich in die Welt ziehen.

Ich will Abenteuer bestehen und Ruhm und Reichtum nach Hause bringen.«

Wie gesagt, so getan. Sie fand einen unüberwindbaren Felsspalt, über den sie behende sprang, löste das Rätsel einer verwunschenen Kröte, stahl dem Teufel sein Unterkleid und ritt heim auf einem Schimmel, der Wunderkräfte besaß. Sie hatte allerhand Ruhm, aber keinen Schatz erworben, weshalb die Hochzeit bescheiden ausfiel. Das Paar lebte sein Leben. Als ihre letzte Stunde gekommen war, fragte sich die Frau, ob sie es wohl zum Besseren oder zum Schlechteren gewendet habe. Sie erhob ihre Hand abermals. Doch der Herrgott trat nicht noch einmal an ihr Bett heran.

Hierhin, Dahin und Dorthin

Es war einmal ein Müller, der hatte drei Töchter. Die Älteste
spielte den ganzen Tag mit einer Kugel aus purem Gold, die
Mittlere trug am liebsten einen roten Schal und rote Handschuhe,
und die Jüngste war schön wie der Morgen und verstand sich aufs
Spinnen wie keine andere im Land. Ein hoffärtig Mädchen war
sie. Über die Maßen schön, ja. Aber welch Kälte umgab ihr Herz,
das festgeschnürt im linnenen Mieder auf und nieder pochte und
doch kein Deut Mitleid empfand, weder für Mensch noch Tier.
Die Mittlere hingegen war tüchtig, verrichtete die ganze Hausarbeit und kümmerte sich auch um die Esel, die die schweren
Säcke tagein, tagaus duldsam auf ihren Rücken trugen. Zwar
lachten viele über ihren roten Schal und die roten Handschuhe,
doch am Ende eines jeden Tages dankten sie ihr von Herzen und
sagten, sie werde gewiß einmal einen guten und treuen Ehemann
finden.
Die Älteste, die des Vaters liebste Tochter war, hatte weder Sinn
für Arbeit noch für eitle Gedanken. Ihre Stirn krauste sich nie, und
im Spiel mit der goldenen Kugel vergaß sie ein ums andere Mal

die Pflichten des Alltags, gaukelte sich durch den Tag und war freundlich zu jedermann, so sie überhaupt bemerkte, daß andere um sie waren.

Der Müller, dessen Leben als Witwer nun schon ins siebente Jahr ging, hatte die Gewohnheit angenommen, nach dem sonntäglichen Kirchgang hin und wieder eine Frau anzusprechen, die ihm gefiel. Schien sie willig, so lud er sie ein, den Rest des Feiertages mit ihm in der Mühle zu verbringen. Er erklärte ihr dann, wo man das Getreide hineinschüttet und wo das Mehl herauskommt. Die jüngste Tochter aber hasste jede dieser Frauen und würdigte sie kaum eines Blickes, auch vor der Mittleren fanden sie keine Gnade, und die Älteste, die am längsten bei dem Vater am Tisch zu sitzen pflegte, lächelte durch jede hindurch.

Einmal traf es sich, daß eine dieser jungen Frauen einen Korb bei sich trug, in dem unter feingestickten Deckchen und Tüchern ein Leben vor sich zu gehen schien, welches trotz allem Widerwillen die Neugier der jüngsten und der mittleren Tochter erregte.

»Ei, was habt Ihr in Eurem Korb, daß er so wackelt und gackelt?« sprach die Jüngste.

»Wird doch nicht ein kleines Hühnchen mit langen Ohren sein oder gar ein Schwein mit samtenen Pfoten?« spottete die Mittlere und gab dabei wie unversehens dem Korb einen so heftigen Tritt, daß er umfiel und durch die ganze Kammer über die Dielen rollte. Dabei aber ließ sich ein so durchdringendes Heulen vernehmen, daß es den Müller und seine beiden jüngeren Töchter schauderte.

Selbst die Älteste hob den Kopf und sah nun, wie der Korb in seiner Bahn grad so auf sie zuhielt. Als dieser ihre Schuhspitzen berührte, schrie sie auf und ließ ihre goldene Kugel fallen.

Wie aber staunten die Mädchen und der Müller, als plötzlich ein Wolf aus dem Korb gesprungen kam und die goldene Kugel in seinem Maule fing.

Die junge Frau aber, die bis dahin keinen Laut von sich gegeben hatte, nahm beherzt ein seidenes rotes Band aus ihrer Schürzentasche, schlang es dem Wolf um den Hals und raunte ihm ins Ohr: »Schwarzer, Krauser, fass' die Jungfer bei der Hand. Wilder, meiner, führ sie fort an diesem Band.«

Da stellte sich der Wolf auf, legte die buschigen Ohren an und betrachtete die Töchter eine nach der andern durchdringend. An der goldenen Kugel würgte er dabei so lange, bis sie endlich durch seinen Schlund hinab in den Wanst sank.

Der Müller und seine Töchter standen wie versteinert. Als erste begann die Älteste zu weinen, danach die Mittlere, dann die Jüngste und schließlich auch der Müller. Auf einmal tat der Wolf einen Satz, packte die mittlere Tochter an ihrem roten Handschuh, warf sie sich auf den Rücken und sprang mit ihr zur Mühle hinaus. Der Müller setzte ihnen nach, rutschte aber, da er nach seiner Tochter haschte, auf einer Kröte aus – wer weiß, woher die kam – und fiel kopfüber aus der Mühle. Als er wieder auf beiden Beinen stand, sah er nur noch, wie der rote Schal im Wald verschwand.

14

»Ach, Väterchen«, suchte ihn die Jüngste zu trösten. »Ist es auch arg, daß unsere Schwester verloren ist, habt Ihr doch uns beide noch.«

Die Älteste aber sprach: »Mein Vater, hört. Ohne meine goldene Kugel werde ich freilich nimmer glücklich sein können auf dieser Welt. Ich will also dem Wolfe nacheilen in den Wald und die Schwester auslösen. Gleich werde ich einen Stoff wirken, ebenso rot wie Handschuh und Schal der Schwester. Damit werde ich den finsteren Gesellen schon hinters Licht führen können, und wo nicht, so sei mein Ende im Wald beschlossen.«

Der Vater wollte von alldem nichts wissen, doch die Älteste ging gleich daran, den Stoff zu wirken und zu säumen, und eins, zwei, drei war sie, der man solcherlei praktische Verrichtungen gar nicht zugetraut, ihrer geraubten Schwester zum Verwechseln ähnlich gekleidet.

Der Müller indes hatte die gemeine Frau an Händen und Füßen gefesselt und ein Feuer unter ihr entfacht, damit sie ihm ihren Namen verriete und auf seine Fragen, wohin der Wolf seine mittlere Tochter und die goldene Kugel gebracht habe, artig antwortete. Doch kaum hatten die Flammen an ihren Fußsohlen geleckt, verwandelte sich die Frau in eine Krähe und flog davon.

»Das habt Ihr nun von Eurer Gastfreundschaft!« zischte die jüngste Tochter.

Der Müller achtete ihrer Worte nicht, sondern entriß ihr den Korb, tat, was er in seiner Speisekammer fand, hinein und überreichte ihn der ältesten Tochter mit folgenden Worten: »Wohlan, mein Herz, nimm Abschied und zieh in die Welt. Meinen Segen hast du. Kommst du aber ohne Schwester und goldene Kugel zurück, so werde ich vor Gram sterben. Denn wenn ich dich schon entbehren muß, so soll es wenigstens nicht umsonst gewesen sein.«

Damit küßte der Müller die Älteste und wischte sich die Tränen vom Kinn. Ohne ein weiteres Wort wandte diese sich um, schritt aus der Mühle hinaus und verschwand wie zuvor der Wolf im dunklen Wald.

»Nun zu dir, du herzlose Spinnerin!« sagte der Müller, als er mit seiner Jüngsten allein in der Mühle war. »Wenn du mir nicht bis morgen früh aus dem Getreide in diesem Sack silberne Taler gedroschen hast, so geb ich dich dem Erstbesten, der bei uns anklopft, zur Frau.«

Damit warf er Sack und jüngste Tochter in eine staubige Kammer und schlug ein eisernes Schloß davor.

Wie aber staunte der Müller, als er am nächsten Morgen die Tür zur Kammer auftat. Fröhlich und mit geröteten Wangen lächelte ihn sein jüngstes Kind an.

»Väterchen, höre. Schon lange sehne ich mich danach zu heiraten. Laß uns ein letztes Mal beieinandersitzen und warten, wer heute bei uns als erster eintritt. Ihn werde ich zum Gemahl nehmen.«

Als es nun an der Tür klopfte, öffnete der Müller und ließ einen armen Scherenschleifer ein. Ohne viele Worte gab er ihm seine schönste Tochter zur Frau, und die beiden machten sich auf den Weg.

Da es im Hause fortan allzu still war, hielt sich der Müller in einem Weidenkäfig drei Singvögelchen, die ihm unversehens zugeflogen waren. Hierhin, Dahin und Dorthin nannte er sie und dachte dabei wohl an seine drei verlorenen Töchter.

So vergingen die Jahre. Die Mühle mahlte das Getreide zu Mehl, doch weder sommers noch winters klopfte eine der Töchter an seine Tür. In seiner Einsamkeit erlernte der Müller die Sprache der Vögel. Aber das hätte er besser nicht getan. Denn eines Tages hörte er eine Krähe am Fenster: »Deine Töchter sind tot, alle tot, dreimal tot!«

Er scheuchte den Vogel davon. Doch am folgenden Tag hockte die Krähe wieder da und rief: »Deine Töchter sind tot, alle tot, dreimal tot!«

Der Müller warf mit einem Stein nach ihr, traf jedoch nur die Scheibe. Die Krähe flog unversehrt von dannen. Als sie auch am dritten Tage wiederkehrte und auf dem Fenstersims ihr Gekrächze begann, holte der Müller mit einem Stock weit aus, um sie zu erschlagen. Doch gerade als er beide Arme erhoben hatte, brach ihm das Herz vor Kummer, und er sank tot zu Boden.

Im selben Moment aber barsten die Weidenstäbe, und Hierhin, Dahin und Dorthin verwandelten sich in die drei Töchter des Müllers. Sie begruben ihren Vater am Waldesrand vor der Mühle, riefen nach dem Scherenschleifer und machten ihn zum neuen Müller. Wie aber alles gekommen war, verrieten sie ihm nicht.

Als der Winter kein Ende nehmen wollte und die Tiere des Waldes Not litten, klopfte als erste die Krähe ans Fenster. Die ließen die Schwestern ein und sperrten sie in einen Käfig. Als kurz darauf ein Wolf mit rotem Band um die Mühle schlich, hießen sie den neuen Müller das Tier fangen, töten und ihm das Fell abziehen.

Wie gesagt, so getan. Als erste schnitt dann die Älteste in den Wanst des Wolfes und holte sich ihre Kugel aus purem Gold samt rotem Schal und roten Handschuhen zurück. Danach schnitt die Mittlere ein Stück weiter und fand daselbst auch ihren roten Schal und ihr Paar rote Handschuhe. Die Jüngste aber riß das noch warme Herz des Wolfes heraus und hob zu einem Schwur an: »So ich dies esse, werde ich niemals mehr kalt gegen Mensch und Tier sein.« Daraufhin verschlang sie das Herz des Wolfes.

Von nun an packte abends ein jeder das Fell des Wolfes bei einer Pfote, und gemeinsam warfen sie den Balg über den Käfig der Krähe, daß diese Nacht für Nacht an ihr heimtückisches Treiben erinnert werde. Die drei Schwestern aber lebten fortan vergnügt. Darum soll keiner sagen, daß, wer spielsüchtig, rechtschaffen und hoffärtig ist, deshalb nicht frohgemut leben könne.

Wagemuts Töchter

Hans war sein Name, und bei den Treppen im Falknerturm, den er nur selten verließ, nahm er stets drei Stufen auf einmal. Röschen wurde das Mädchen gerufen. Sie hatte den schweren Zopf um die Stirn gelegt und fand Gefallen daran, die jungen grünen und biegsamen Äste der Kirschbäume im Garten zu flechten.

Hätte nicht Röschen an einem Frühlingsabend den Weg zum Dorfteich genommen, um die gerade geschlüpften Küken der Enten zu zählen, die beiden wären einander wohl nie begegnet. Kaum hatte sich das Mädchen über das Nest im Schilf gebeugt, da schoß ein Habicht vor ihren Füßen hernieder, packte mit jeder Kralle ein Küken, hackte seinen Schnabel in den Flaum eines dritten und wollte mit seiner Beute auf und davon. Röschen aber, ganz und gar bei Sinnen, riß ihr Tuch von der Schulter und warf es über den Habicht. So plötzlich im Dunkel verfiel der Räuber in totengleiche Starre. Röschen griff sich drauf den erstbesten Knüppel und schlug das Tier mit einem gehörigen Hieb tot. Hans nun, der vom Falknerturme aus alles beobachtet hatte, eilte

hinzu und schalt das Mädchen, daß es eine Art hatte. Er trat es heftig gegen das Schienbein und zerrte es an den Ohren, bis diese rot am Kopfe brannten.

»Ach«, klagte drauf Röschen, »hab ich nicht alles Recht, den totzuhauen, der mir meine lieben Küken stiehlt? Sollt mich doch in dreimal drei Jahren eins dieser Küken freien und fortnehmen an einen Ort, wo ich nicht nur Kirsch-, sondern auch Mandel- und Birnbaumäste werd flechten können, allso hat es mir die Muhme auf ihrem Sterbebette geweissagt.«

Als Hans diese einfältigen Worte hörte, trat er gleich noch einmal herzhaft zu und wetterte: »Du dummes Ding! Willst du von einem Erpel gefreit werden? Entengrütze sollst du fressen dein Leben lang. Ach! Was sind schon drei solcher Weichschnäbel gegen einen stolzen Habicht?«

Damit lüftete er das Tuch, das sich über Jäger und Beute bauschte. Die Küken gilperten eiligst zu ihrer Mutter. Hans aber beugte sich über den schönen Vogel und vergoß heiße Tränen. Er hob ihn mit beiden Händen auf, barg ihn unter dem Hemd und stieg mit ihm Stufe für Stufe hinauf in den Turm.

Oben angekommen, suchte er das Gefieder mit einem Taschentuch von dem noch immer sickernden Blut zu säubern und strich dem Tier mit zwei Fingern sanft über den Kopf.

»Ach!« seufzte Hans. »Was würde ich nicht dafür geben, wenn wieder Leben in deinen Adern pulste!«

Darauf faßte er den Habicht bei den Flügeln. »Leb wohl, mein

Schön«, sagte der Jüngling, lehnte sich weit über die Zinnen und ließ den Vogel los.

Für einen Moment schien es, als erwachte der Habicht zu neuem Leben und segelte auf und davon. Doch es war nur der Wind, der ihm jählings unter die Flügel fuhr und ihn kaum einen Augenblick später hinab auf den Rasen stürzen ließ.

Röschen aber machte sich während alldem bittere Vorwürfe und folgte wenig später dem Hans zum Falknerturm. Wie sie aber die Tür des Turmes öffnen wollte, um hinaufzusteigen, schlug ein Laden auf und heraus schaute eine junge Frau mit kohlrabenschwarzem Haar.

»Was willst du, Jungfer, von unserem Hänsele?« fragte sie mit der Stimme einer zahnlosen Vettel.

»Ach, ich will ihn nur wissen lassen, daß es mir arg ist um seinen Habicht, den ich totgehauen habe«, stammelte das Mädchen und nestelte dabei verlegen an seinem Schürzenband. »Hat der Räuber auch drei meiner Küken schlagen wollen, so hab ich's mit dem Knüppel allzu toll getrieben. Laßt mich doch bitte ein, daß mir der Hans noch einmal verzeih'!«

Kaum hatte Röschen ihre Bitte vorgetragen, da tat sich ein weiteres Fenster auf, und eine ebenso junge Frau, doch mit strohblondem Haar, schaute neugierig heraus.

»Hör ich recht«, sprach diese und klang dabei wie ein rasselndes Ofenrohr. »Das Hänsle soll dir verzeihen, obwohl er uns wegen Kleinigkeiten noch immer zürnt?«

Röschen wußte nicht, ob sie bleiben sollte, wo sie stand, oder weiter hinaufsteigen oder besser umkehren.

»Ach, liebe Frauen, sprecht nicht so harsch mit mir, habe ich doch mein Lebtag nichts Böses getan. Ich schlug ja nur tüchtig zu, weil mir die Muhme auf dem Sterbebette weissagte, mein Bräuterich werde …«

Doch sie kam nicht weiter, denn direkt über der Tür wurde ein drittes Fenster aufgestoßen, aus dem nun eine junge Frau mit rotem Haar lugte.

»Was? Bräutigam?« krächzte sie wie ein gieriger Rabe. »Was erzählst du hier für Geschichten?«

Röschen war einen Schritt zurückgewichen. Noch einmal nahm sie all ihren Mut zusammen, um vom prophezeiten Bräutigam zu sprechen. Bevor sie aber Luft holen konnte, wurden alle drei Fenster zugeschlagen. Still war es plötzlich, kein Tier, kein Ruf, nicht einmal ein Windhauch regte sich.

Das Mädchen faßte sich ein Herz und nahm die Stiegen eine um die andere den Turm hinauf, bis sie an eine weitere Tür gelangte, auf der ein eiserner Türklopfer in Gestalt eines Habichtkopfes prangte. Mit Mühe hob Röschen das Gußeisen an und ließ es gegen das Holz schlagen, daß dieses dröhnte und ächzte. Doch statt daß sich die Tür öffnete, tat sich nur eine Luke darüber auf, und die Schwarze vom ersten Fenster wiegte den Kopf und knasperte: »Des Hänsele, des hot kei Zeit. Des Hänsele, des isch scho g'freit.«

»Aber darum komm ich doch gar nicht«, beteuerte Röschen.
»S'geht mir doch nur um den toten Habicht, weil es mir ja leid tut
und ich doch keine Entengrütze fressen mag all meiner Lebtag.«
Eine weitere Luke ging auf, und das blonde Weib des zweiten
Fensters fistelte: »Dös ischt halt so mit strammen Mannen, dui
sannt mal hier, mal da und bald von dannen.«
Schon wollt es dem Mädchen zu bunt werden, als auch noch ein
drittes Fenster aufgeschlagen wurde und die Rothaarige raspelte:
»Wir sind die Töchter Wagemuts, und 's Hänsle ist unser schönstes
Gut.«
Röslein hatte über diesem blödreimigen
Geschwätz alle Angst und Verzagtheit
abgelegt, schob den schweren Zopf weit
aus der Stirn, ergriff beherzt die Klinke
und trat in die Turmstube ein.
Es war ein freundliches, helles Zimmer.
Am Fenster saß Hans vor einem
surrenden Spinnrad. So sehr schien
er in seine Arbeit vertieft, daß er nicht
einmal aufsah, als Röschen neben ihn trat
und ganz sacht, wie von ungefähr, ihre Hand
auf seine Schulter legte.
»Hänschen, Hans, ich bin es, Röschen, die
du …«
»Halt den Mund«, zischte Hans leise, ohne den

Blick von dem Faden in seiner Hand zu wenden. »Halt den Mund und versteck dich im Schrank. Nie hättest du hierherkommen dürfen. Wenn dich eine von Wagemuts Töchtern entdeckt, sind wir beide verloren.«

»Aber denen bin ich doch schon begegnet«, sagte Röschen und lachte. »Fürchtest du dich etwa vor diesen haarigen Giftlerinnen und ihrem Fensterlukengeplapper?«

Damit nahm sie Hans ungestüm an beiden Händen, als wollte sie ihn eiligst zum Tanz auffordern, zog ihn aber grad so mit sich zur Tür. Hans ließ es geschehen. Kaum waren sie ein paar Stufen hinabgeeilt, da kehrte er noch einmal um. Röschen fürchtete, er werde sich wieder ans Spinnrad setzen. Doch schon im nächsten Moment kam er mit einem Schlüssel zurück. Immer schneller liefen sie die Turmstiegen hinab und sprangen schließlich ins Freie. Röschen warf die Turmtür ins Schloß, und Hans drehte den Schlüssel dreimal herum. Sie begruben den Habicht mitsamt dem Schlüssel im Schatten der Turmzinnen, schmückten das Grab mit

Eiderdaunen und sprachen ein schnell erfundenes Gebet. Hans küßte Röschen auf beide Ohren.

Dann nahmen sie den Weg in Richtung der Birn- und Mandelbäume und waren fortan glücklich miteinander, grad so, wie es die Art jener ist, die es wagen, solch einen Hans bei der Hand zu nehmen.

Reidober, reidober, im Wasser Zinnober

An einem Fluß saßen drei Kinder. Die ließen die Beine bis zu den
Knien ins Wasser baumeln und waren auch sonst recht vergnügt.
Sie hatten eben noch den Rälling des Müllers ersäuft und staunten
nun blöd, wie lange es sich in dem Sack, den sie ordentlich mit
Steinen beschwert hatten, noch regte und riß. Grad wollte eines
der Kinder mit einem langen Stecken nach dem Bündel am
Grunde des Flusses stechen, da schoß ein glitzernder Karpfen
durchs Wasser und schluckte den Sack samt Steinen und Rälling.
Der zarteste der Burschen, als er dies sah, sprang auf und rief:
»Ei, seht nur, was für ein Karpfen, wenn wir den nur an Land
bekämen!«
Die drei Kinder machten sich nun daran, nach dem Hund des
Müllers zu suchen. Und als sie diesen endlich angelockt, gepackt
und gebunden hatten, steckten sie auch ihn in einen Sack, gaben
tüchtig Steinbrocken dazu und warfen ihn an der Stelle nahe des
Ufers ins Wasser, an der sie zuvor den Karpfen gesehen hatten.
Sie brauchten nicht lange zu warten, da klatschte eine hohe Welle
heran, und der Karpfen schnappte sich Sack samt Hund und

Steinen, noch bevor sich die drei auch nur an den Händen fassen konnten.

»Er will mehr, mehr«, rief der stärkste der Jungen endlich, »immer mehr!« Da der Esel des Müllers bereits tot war und sie sonst kein Viech sahen, das sie hätten fangen und binden können, packten sie ohne viel Worte den zartesten Burschen, sosehr dieser auch kinkelte und trotzte, steckten ihn samt gehörigen Kieseln in einen Sack, schnürten diesen gut zu und warfen den Packen ins Wasser. Den Strick hielten sie, so fest sie nur konnten.

Ungeduldig warteten sie nun darauf, daß ihr Köder endlich unterginge. Der Zärtling aber strampelte und tobte mit solcher Kraft, daß der Sack im Wasser wild auf und nieder tanzte und einfach nicht hinabsinken wollte. Als sich nun eine noch größere Welle aufs Ufer warf und der Karpfen abermals erschien, stoben die Ärmchen des Zärtlings mit einem Male wie zwei Kauderchen aus dem Sacke und griffen fest in die Kiemen des glubschäugigen Fisches, daß dieser blitzschnell untertauchte und Sack und Jungen mit sich hinabzog. Die beiden anderen Buben aber ließen den Strick fahren, sonst wären sie Hals über Kopf mit in die Fluten gerissen worden. Wütend stampften sie auf und hießen einander Lump und Haderlump, weil sie den Fisch, ihr Festmahl, für immer verloren glaubten. Alsdann berieten sie, was sie im Dorf sagen sollten, war doch das Mägerlein das einzig Kind seiner Mutter und krauchte nun einsam auf dem Grunde des Flusses herum.

So standen sie am Ufer, die Fäuste geballt in den Hosensäcken, grämten sich und waren bange ob der bösen Nachricht, die sie zu überbringen hatten, als plötzlich eine Welle über sie hereinbrach, so groß und mächtig, daß sie darüber sogleich das Staunen vergaßen. Als sich die Wasser endlich verlaufen hatten, saß da der Zärtling am Ufer, neben sich den toten Rälling und den toten Hund. Die beiden anderen Jungen aber waren nirgendwo mehr zu sehen. Der Zärtling zog Hose und Hemd aus, hängte sie zum Trocknen über die Zweige einer Weide und begrub die Tiere zwischen den Wurzeln. Als die Abendglocken läuteten, ging er nach Hause zur Mutter und aß still seinen Kanten Brot. Er lag schon im Bett, als die Väter der Spielgefährten an die Tür klopften. Auf deren Fragen antwortete er nur, daß er seit Mittag allein am Fluß gewesen sei, was die beiden derweil getrieben, wisse er nicht.

Am nächsten Morgen, nachdem er der Mutter den Herd gekehrt und die Wäsche geklopft hatte, ging er mit seiner Angel und einer Spieluhr zum Fluß und achtete dabei nicht auf die Dorfleute, die noch immer nach den beiden Jungen suchten.

Lange saß er am Ufer und hielt die Rute übers Wasser. An den Angelhaken aber hatte er seine Spieluhr gehängt. Immer wieder zog er Feder und Rädchen auf, so daß ihre Melodie ohn Unterlaß in die Wellen trudelte. Die Musik lockte allerlei Fische heran, welche sich um das funkelnde Spielzeug tummelten und von dessen Klängen sie sich wiegen und wogen ließen. Der Karpfen jedoch, auf den der Junge wartete, blieb aus.

Als nun der Zärtling verdrossen aufbrechen und nach Hause gehen wollte, wurde er feiner Stimmen gewahr, die zum Takte seiner Spieluhr aus den Wellen heraufklangen. Er lauschte und vernahm alsbald ein seltsam Liedlein:

> Reidober, reidober, im Wasser Zinnober,
> Fidelack, fidelack, auf dem Grunde Smaragd,
> Mit Perlen geschnürt, mit Muscheln verziert,
> Reidober, fidelack, Hund und Rälling im Sack.
>
> Einer, der jammert, und einer, der klagt,
> Reidober, reidober, mit Steinen im Sack.
> Dem Karpfen ein Schmaus, den Nixen ein Graus,
> Reidober, fidelack, braucht 'nen Diener fürs Pack.

Was war es, was da um seine Spieluhr herum im Kreise schwamm? Fischschwänze? Mädchenköpfe? Ein keckes Nixlein reckte mit einem Male den Kopf aus den Wellen und plitschte mit glockenheller Stimme: »Ach, liebster Zärtling, laß uns doch bitte dein feines Spielzeug! Soviel Glück bereitet es uns, daß wir tanzen können allzeit und unsere Lust haben so lange, bis daß der böse Karpfen wieder heimkehrt und uns schindet.«

»Ach, Nixlein«, sprach drauf der Junge, »das will ich wahrlich nicht, daß euch Böses geschieht, und euer Fest sollt ihr bestimmt haben. Aber die Spieluhr ist das einzige, was mir vom Vater blieb, und die herzugeben wär arg und würd mich sicherlich mehr schmerzen, als ich heut vertragen könnt.«

Das Nixlein aber hob wieder an zu blinkern und drängen, während die anderen Nixen ihr Lied von neuem zu singen begannen, daß der Zärtling vor lauter Verlegenheit von einem Bein auf das andere trat. Das vorwitzige Nixlein bemerkte sein Wanken wohl und winkte ihm, sich zu ihr zu beugen.

»Ach, mein Vielbeinchen«, flüsterte sie, doch noch bevor sie weitersprechen konnte, fiel ihr der Zärtling ins Wort: »Wenn du denn die Spieluhr so sehr begehrst, so nimm sie hin. Ich will sie dir vom Haken lösen, halt sie nur gut fest.«

Drauf umschlang das Nixlein mit seinen weißen Armen die Spieluhr, schmiegte sich ihr ganz an und schloß aus lauter Vorfreude die Augen. Kaum sah dies der Zärtling, so riß er mit einem Ruck an der Angel und – Spieluhr samt Nixlein platschten ihm vor die Füße. Schnell und geschickt packte der Zärtling das Nixlein an der schlanken Taille und zog es vom Ufer weg, sosehr sich das arme Ding auch hin und her wand, mit seinem Schwanze ein ums andere Mal in den Staub schlug und wehklagte, daß es Gott erbarmte – freilich ohne allen Nutz.

»Hab ich schon keinen ganzen Karpfen, so gehört mir jetzt wenigstens ein halber Fisch!« spottete der Zärtling und verbarg das Nixlein eilig unter Zweigen und Gräsern, daß es keiner entdecke, bis es dunkel über dem Fluß geworden war und er es unbemerkt durch das Dorf und in seiner Mutter Haus buckeln konnte.

Wie freute sich aber die Mutter des Zärtlings über den Fang, half ihm sogleich, einen alten Zinkbottich mit Wasser zu füllen, und rückte auch einen Schemel heran, daß sie es beim Hineinglotzen recht bequem hätten. Fortan also war dem Nixlein tagaus, tagein kein anderer Ort beschieden als der elende Bottich. Abwechslung fand es allein, wenn Markttag war. Dann boten nämlich der Zärtling und seine Mutter ihr Nixlein eifrig feil. Für einen Groschen durften die Bauern und Marktfrauen einen Blick in den Bottich tun und das Schuppenmädchen begaffen. Auch befahlen Mutter und Sohn dem Nixlein, zur Melodie der Spieluhr zu singen, daß es ein wenig lustig würde um das wäßrige Schauspiel. Doch es hob nur traurig an:

Reidober, reidober, im Wasser Zinnober,
Fidelack, fidelack, auf dem Grunde Smaragd,
Mit Perlen geschnürt, mit Muscheln verziert,
Reidober, fidelack, Hund und Rälling im Sack.

Und als es auch die zweite Strophe anstimmte –

> Einer, der jammert, und einer, der klagt,
> Reidober, reidober, mit Steinen im Sack …

da schauderte es den Jungen von Kopf bis Fuß. Er hieß das Nixlein stille sein und verlangte ein anderes Lied. Leise begann nun das Flußfräulein gegen den Takt der Spieluhr zu singen:

> Hört ihr nicht die Wasser rauschen
> Fern und nah und hier,
> Wollt ihr mir noch weiter lauschen,
> Schenket erst die Freiheit mir.

Statt der Gänsehaut wurde dem Zärtling jetzt aber ganz heiß vor Wut, und er fuhr sie an, ein für allemal den Mund zu halten. An den folgenden Markttagen wollte nun aber kaum einer mehr einen Groschen zahlen, nur um im trüben Wasser des Bottichs nach dem Fischschwanz zu lugen. Und weil so kein Geschäft mehr mit dem Nixlein zu machen war und auch das unförmige Geschirr im Hause nur im Weg herumstand, beschlossen Zärtling und Mutter, sich das Nixlein vom Halse zu schaffen. Zurück zum Fluß wollte der Zärtling es nicht bringen. Also schleiften sie den Bottich nach Mitternacht zum Dorfteich und kippten das Nixlein da hinein.

Kaum aber lagen sie wieder in ihren Betten, da hörten sie das bekannte silberhelle Stimmchen:

Reidober, reidober, im Wasser Zinnober,
Fidelack, fidelack, auf dem Grunde Smaragd,
Mit Perlen geschnürt, mit Muscheln verziert,
Reidober, fidelack, Hund und Rälling im Sack.

Einer, der jammert, und einer, der klagt,
Reidober, reidober, mit Steinen im Sack.
Dem Karpfen ein Schmaus, den Nixen ein Graus,
Reidober, fidelack, braucht 'nen Diener fürs Pack.

Darauf trat die Mutter in die Kammer ihres Jungen, der blaß und hohläugig auf der Bettkante saß. Sie ließ sich auf einen Schemel nieder, blickte den Buben eindringlich an und sprach: »Mein lieber einz'ger Zärtling, es hilft nichts, wir müssen hinein in den Dorfteich und dem Nix das Singen austreiben. Alle Welt weiß um unser Treiben mit dem Fischschwanz und zählt an ihren fünf Fingern ab, daß Rälling und Hund und die beiden Burschen gebunden in Säcken auf dem Grund des Flusses liegen. Allein dir wird man die Schuld geben und dich binden und mit Steinen hinabsenken. Das will ich also nicht.«
Mit Tränen in den Augen blickte der Junge seine Mutter an und erwiderte: »Mutter, ach, alle Zeit hast du gewußt von unserm

Tränkespiel und hast mich nicht gescholten oder ausgefragt. Ich will den Karpfen, der schuld an allem Übel ist, aufsuchen und ihm meine Dienste anbieten. Rälling und Hund hab ich längst schon zwischen den Wurzeln der Weide begraben. Nun will ich meine beiden Spielkameraden auslösen und in trockne Erde betten. Auf daß der Karpfen sie heraufläßt, steig ich hinab und werde sein Spielmann für ein Jahr.«

Die Mutter aber drückte ihm fest die Knie aneinander und schüttelte den Kopf. »Dein gutes Herz soll dir wahrlich nicht zum Nachteil werden in dieser Welt. Auch geb ich dich nicht her, für keinen Tag und für kein Jahr. Vertrau mir und laß mich nur machen.«

Der Zärtling war's zufrieden und kroch wieder unter das Federbett. Die Mutter jedoch ging mit der Spieluhr hinaus zum Dorfteich, zog das Werklein auf und wartete, daß sich eine Sängerin dazu einfände. Als sie sich aber über das dunkle Wasser beugte, schlug ihr mit einem Male ein nasses glitschiges Ding mit solcher Wucht ins Gesicht, daß es kein Halten mehr gab und sie vornüber in den Weiher stürzte.

»Dein Haus habe ich kennengelernt, nun lerne du das meinige kennen!« wisperte das Nixlein ins Ohr der Mutter und treidelte sie tief hinab bis zum morastigen Grund.

»Wie gut, daß du die Spieluhr dabeihast«, säuselte das Nixlein weiter, »laß uns gleich ein neues Verslein reimen!«

Dabei wirbelte es vor lauter Übermut mit seiner Schwanzflosse den Schlammboden auf und schlug derart heftige Wirbel ins Wasser, daß der Mutter ganz anderen Sinnes wurde. Sie verwunderte sich nicht einmal, wie mühelos es sich in dieser Wasserwelt leben ließ – jeder Schritt, jede Drehung, jede Geste gerieten ihr mit einem Male so anmutig, als sollte ihr Dasein nun ein einziger Tanz werden.

»Wahrlich, hier läßt es sich leben«, sprach sie zu sich und stimmte ganz von selbst das Liedlein an:

Reidober, reidober, im Wasser Zinnober,
Fidelack, fidelack, auf dem Grunde Smaragd,
Mit Perlen geschnürt, mit Muscheln verziert,
Reidober, fidelack, Mutter tanzt nun im Brack.

Eine, die tanzt, und eine, die singt,
Reidober, reidober, wie's Herz ihr beschwingt.
Dem Karpfen die Braut, Nix und Mutter geraubt,
Reidober, fidelack …

Wie sie gerade so sang, glotzte sie ein riesiger Karpfen an. »Du also bist der Glubsch, der Kiemling, der Blasenschnapper«, sagte sie, als hätte sie nur auf ihn gewartet. »Hab ich recht?« Sie sah sich nach dem Nixlein um. Dieses hatte währenddessen den Grund des Dorfteichs um und um gegraben und den Schlamm in Purpurstaub und Gold verwandelt, daß es nur so glimmerte und funkelte.

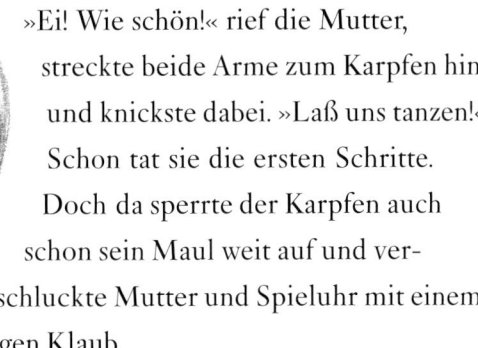

»Ei! Wie schön!« rief die Mutter,
streckte beide Arme zum Karpfen hin
und knickste dabei. »Laß uns tanzen!«
Schon tat sie die ersten Schritte.
Doch da sperrte der Karpfen auch
schon sein Maul weit auf und ver-
schluckte Mutter und Spieluhr mit einem
einzigen Klaub.

Als am nächsten Morgen der Zärtling vor die Tür trat und nach
seiner Mutter rief, kamen die beiden Väter vorüber, die die Trauer
um ihre verlorenen Söhne krumm und grau und blöde hatte
werden lassen. Und da die Mutter nirgends zu finden war, schloß
sich der Zärtling den beiden auf ihrem Weg zum Flusse an. Dort
ließen sie ihre Beine bis an die Knie ins Wasser baumeln. Vergnügt
waren sie nicht. Aber sie waren drei, und das reichte ihnen fürs
erste.

Vom harthörigen Sultan

An jenem Meer, das im Orient beginnt und dessen Wasser bis über
den Rand der Welt fließen, lebte einst ein Sultan, der wegen seiner
Gerechtigkeit und Güte von seinem Volke geliebt wurde. Da er
darüber hinaus ein stattlicher und schöner Mann war und seine
Kamele bei jedem Rennen als erste durchs Ziel galoppierten, gab
es kaum ein junges Mädchen in seinem Reich, das nicht davon
träumte, seine Frau zu werden, ihm die Kissen aufzuschütteln und
ihr Haar in das seinige zu flechten, sobald es ihn danach gelüstete.
Obwohl er wählerisch war, verging kein Vollmond, der nicht auf
eine prächtige Hochzeit des Sultans niedergeblickt hätte. Der
Sultan beschenkte seine Frauen in solch verschwenderischem
Überfluß, wie es einem großmächtigen Herrscher allemal geziemt.
Schier endlose Perlenschnüre, schillernde Seidentücher, duftende
Salben und Öle, goldene Fesselglöckchen und Zierkämme aus
Elfenbein waren seine täglichen Morgen- und Abendgaben. Klug
und vorausschauend genug, sorgte er auch für prächtige Schränke
und Truhen, in denen die Beschenkten ihre Schätze bergen
konnten. Vor allem aber ließ er für jede seiner Gemahlinnen eine

Lagerstatt anfertigen, die so groß war, daß er selbst darin in jedweder Richtung sich legen, rollen und rekeln konnte. Stets war er höchst vergnügt, wenn die Freude, ja der Jubel über die Geschenke das Antlitz seiner Schönen erhellte.

Um so verdrießlicher aber wurde er, als ihm dieses Glück von Mond zu Mond immer blasser zu werden schien. Stimmte es denn, daß seine jüngsten Gemahlinnen sich nicht mehr in dem Maße an den Schätzen, mit denen er sie bedachte, zu freuen vermochten, wie es noch seine Gemahlinnen der frühen Monde getan hatten?

»Sind die jungen Schönen verderbt?« fragte er endlich seinen Großwesir.

Dieser aber erschrak, fiel vor seinem Gebieter auf die Knie und wollte nicht eher aufstehen, als bis es ihm gestattet sei, die Wahrheit zu sagen. Nachdem nun der Großwesir einen Tag und eine Nacht und noch einen Tag auf den Knien gelegen hatte, war der Sultan schließlich geneigt, ihn anzuhören.

»O mein Gebieter, Herrscher über alle Menschen und Kamele, schönster Sohn unter unserer Sonne, kühner ...«

»Heraus mit der Sprache!« rief der Sultan. »Nur heraus damit, wenn dir deine Zunge lieb ist!«

Stockend und mit trockner Kehle begann der Großwesir zu berichten, daß nach der neuesten Zählung neunundneunzig der schönsten Frauen des Landes im Palast des vielgeliebten Herrschers wohnten, daß es aber nur dreiunddreißig Frauengemächer gebe, von denen lediglich zweiundzwanzig bewohnbar seien und bloß elf über Bäder verfügten.

»Was aber geht mich das an!« rief der Sultan, klatschte in die Hände, hieß seine Diener süßen Tee und Dattelgebäck bringen, und befahl, die vierzehn ihm zuletzt vermählten Frauen herbeizuschaffen.

Als nun der Samowar vor dem Kissenlager summte, der Sultan sich die Finger leckte und die vierzehn Frauen ihm die Fußsohlen und Waden, den Po und den Bauch, den Nacken, die Armbeugen und Augenbrauen kraulten, da hob der Großwesir von neuem an.

»Gütiger Herr, letzt und endlich ist doch alles eine Frage der Mathematik, ein magisches Zahlenspiel, ein wundersames Mosaik aus Zeichen, in dem sich nur Studierte zurechtfinden. Lasset ausrufen im Lande und über die Lande hinaus, daß sich ein solcher einfinde, um Euch diese Last vom Halse zu schaffen. Denn wisset, das Gezänk und Gekeife Eurer Gemahlinnen steigt bis hinauf in alle Himmel! Und kein neuer Vollmond wird ungetrübt Euer Lager bescheinen.«

Der Sultan, sanftmütiger nun unter den zartfingrigen Händen und bereits in wohligen Gedanken bei seiner hundertsten Hochzeit, wandte sich an die fürsorglichen Kraulerinnen: »Ihr habt die Worte meines treuen Großwesirs ebenso gehört wie ich, was sagt ihr dazu? Sprecht!«

Doch die Frauen vertieften sich nur noch mehr in ihre Liebkosungen, und manch eine schloß dabei sogar die Augen, als könnten nur so ihre Finger jenen süßen Genuß spenden, nach dem der Sultan so sehr verlangte. Dieser aber ärgerte sich über das nicht enden wollende vielfingrige Schweigen, sprang auf, stieß sie fort, ja versetzte gar der einen, die nicht von ihm lassen wollte, einen recht unsanften Tritt und sprach: »Elende! Ihr widersetzt euch meinem Befehl? Antwortet, wollt ihr nicht mit Honig bestrichen und auf einen Ameisenhaufen gesetzt werden!«

Damit packte er die Erstbeste am Kinn und zerrte sie heran, daß ihre Lippen sich an sein rechtes Ohr pressten. »Erbarmen«, stöhnte die Schöne, »Erbarmen!« Mehr aber bekam der Sultan nicht zu hören, sosehr er auch seinen Daumen in ihr Kinngrübchen drückte. Der Großwesir verzog wie vor selbst erlittenem Schmerz sein Gesicht – da griff sich der Sultan bereits die nächste Frau und dann die nächste und so eine nach der anderen. Doch eine jede flehte ihn nur an, sie zu schonen, und schwieg darauf wieder ganz still.

Der zorneswütige Herrscher wollte den Wachen schon einen Wink geben, als endlich die vierzehnte Frau, deren Haare er sich ums Handgelenk geschlungen hatte und sie daran aufzuhängen versprach, wisperte: »Seeräuber, mein Herr und Gebieter, Seeräuber!«

Der Sultan erstarrte und mit ihm ein jeder im Raum. Denn obwohl die Frau diese Worte mehr gehaucht als tatsächlich ausgesprochen hatte, waren sie selbst noch vom letzten Eunuchen verstanden worden.

Im selben Augenblick erfüllte den ganzen Palast ein silberheller Klang wie von tausend Glöckchen. Was nun geschah, ließ die Arme des Sultans erlahmen. Was ging da vor? Zuerst glaubte er noch, Öllämpchen seien überall angezündet worden, denn der ganze Saal erstrahlte hinauf bis unter die Kuppel. Dann aber wurde er des Gastes gewahr, einer unbekannten Schönen, von der ganz offenbar all dieser Glanz ausging.

»Welch Ebenmaß!« flüsterten die einen. »Welch Anmut und Eleganz!« die anderen. »Welch weibliche Pracht!« raunten die Wächter.

Der Sultan ließ die zuletzt ergriffene Frau los. Sein Unterkiefer hing herab, und die Augapfel traten hervor. »Wer bist du?« fragte er die Schönste der Schönen, betört von dem fremden Duft, der sie umhüllte.

Gleichmütig, doch mit wachem festen Blick ließ sich die Schönste der Schönen auf die goldgewirkten Kissen nieder und hob anmutig den Schleier von ihrem glänzenden schwarzen Haar, das sich in weichen schweren Wellen über ihre Schultern ergoß. Selbst der Großwesir, der in seinem langen Leben schon vieler Schönheiten ansichtig geworden war, brachte vor lauter Staunen kein Wort hervor.

»Höre, mein Gebieter«, sprach die Schönste der Schönen mit klarer Stimme. »Ich bin gekommen, um dir zu helfen. Denn du, großmächtiger Sultan, weißt nichts. Deshalb höre, was ich dir zu sagen habe.«

Ihr Blick glitt über die Kissenstatt, auf die sich die jüngsten Gemahlinnen des Sultans geflüchtet hatten.

»Sobald der Mond wieder sein volles Rund zeigt«, fuhr die Schönste der Schönen fort, »werden Seeräuber an deinen Gestaden anlanden. Sie, die Herrscher der Meere, sind es leid, die Wasser zu pflügen, ohne je von einer Frau erwartet zu werden und liebkosenden Lohn zu erhalten. Sie haben dein Reich, großmächtiger Gebieter, auserwählt und wollen hier Liegschaft nehmen für tausend mal tausend Monde. Auch haben sie schon Späher ausgesandt, die deine Städte und Dörfer durchkämmen, um neunundneunzig der schönsten Frauen deines Reiches auszuwählen, auf daß sie den Anführern dienen am Tage wie in der Nacht.«

»Neunundneunzig der schönsten Frauen?« rief der Sultan, wurde ganz weiß im Gesicht, schwankte, als wäre er auf hoher See, und glotzte auf seine Frauen. »Aber das seid doch ihr, meine süßen Gespielinnen, meine holden Weiber rechtens vor Athtar, Astarte und Kadesch!«

Mit einem Satz sprang er in die Kissen. »Zu mir, zu mir, zu mir mit

46

euch!« schrie er und zerrte seine Frauen heran. Und als er sich auf die zweite und neunte Frau gesetzt hatte, die vierte und siebente mit dem linken Arm umschlang, den Kopf der vierzehnten, die er eben noch hatte aufhängen wollen, an seinen preßte, dann aber nicht weiter wußte, wie er auch noch der anderen Frauen habhaft werden sollte, überschlug sich seine sonst so tiefsamtene Stimme. »Niemals gebe ich euch frei, niemals! Daß ihr die Kissen mit solcherlei Wasserlagerern, Wellenwippern und Schnapphähnen teilen sollt? Niemals! Niemals!«

Der Sultan tobte sich in eine solche Wut hinein, daß die Frauen sich nicht anders zu helfen wußten, als achtundzwanzig ihrer Mitgemahlinnen herbeizurufen, um mit vereinten Kräften ihren Gatten zu besänftigen. Als sie ihn endlich niedergerungen, auf die Kissen gebettet und mit noch eindringlicheren Zärtlichkeiten fügsam gemacht hatten, klatschte die Schönste der Schönen in die Hände, um dem Treiben ein Ende zu bereiten.

»Großmächtiger Sultan«, rief sie dann. »Du hast keine Zeit zu verlieren!«

In wohlgesetzten Worten legte sie ihm ihren Plan dar, wie den Seeräubern, wie dem Verlust seiner sultanischen Herrlichkeit zu begegnen sei. Was jedoch den Sultan wie den Hofstaat noch mehr verwirrte als diese Botschaft, war ihre Art, sich zu bewegen. Denn jedes ihrer Worte wurde von Gesten begleitet, die einer Herrscherin anstanden, nicht aber einer Frau, die ohne jegliche Diener oder Sklaven reist.

Der Sultan, erschüttert und geblendet von so viel Selbstmut, rief endlich: »Niemals!« Und gleich darauf noch lauter: »Niemals!« daß es nur so in den Gemächern widerhallte.

Die Schönste der Schönen aber achtete nicht seines Zorns, sondern lächelte sanft, nippte an ihrem süßen Tee und sprach: »Wenn du mein Opfer nicht annimmst, werden die Seeräuber, so wahr mich die östliche Mondsichel beschützt, dein Reich überfluten, und kein Stein wird auf dem anderen bleiben. Dein Palast wird ein einziger Ozean, in dem vielarmig Oktopian regiert. Fische, Quallen und Seeschlangen werden noch in deine geheimsten Gemächer und Verliese vordringen und ihren Laich ablegen an Orten, die dir heilig sind. Statt schillerndem Mosaik wird fahler Sand alle Böden bedecken. Das Haar deiner Schönen wird wie Algengewächs im Wasser treiben, und die Türme deines Palastes werden wie die Masten gesunkener Schiffe von deinem Untergang künden. Du selbst aber wirst den Seeräubern nackend und bloß als Eunuch dienen, preisgegeben dem Gelächter, dessen Nachhall noch im letzten Winkel des Palastes deinen Schritt zur Lautlosigkeit verdammt.«

Während dieser letzten Worte war dem Sultan vollends das Blut aus dem Gesicht gewichen. Starr vor Angst hing er dem Schreckgespinst nach, das die Schönste der Schönen wie ein Netz über ihn geworfen hatte, in dem er sich mit jedem neuen Gedanken nur noch mehr verstrickte.

Dann aber trat ihm sein Stolz und Widerborst ins Zwerchfell. Er

erhob sich aus dem Frauennest und fragte mit bebenden Lippen:
»Und was hat das nun alles damit zu tun, daß wir zuwenig Zimmer
für meine Frauen haben und allein die Mathematik uns von all
dem Übel zu befreien vermag?«

Daraufhin verneigte sich der Großwesir hinunter bis zu den
Knien, wartete jedoch nicht, bis der Sultan ihm die Erlaubnis zu
reden bedeutete, sondern hob hastig an zu erklären.

»Es ist die Unzufriedenheit unter Euren Frauen, die …«

»Papperlapapp!« unterbrach ihn sogleich der Sultan.

»Unzufriedenheit? An meinem Hof? In meinem Reich? Was soll
das sein?! Die Unzufriedenheit ist längst ausgestorben! Fragt meine
Berater.«

Als dies die Schönste der Schönen vernahm, lachte sie laut auf.

»Du weißt nichts! Du weißt nicht einmal, daß deine Schönen der
frühen Monde ihre prächtige Bettstatt, dein hochherziges
Geschenk, unter dem Gespött des Basars verkaufen müssen, weil
sie nicht wissen, wohin mit all der Herrlichkeit, wenn sie aus ihrem
angestammten Gemach vertrieben werden von deinen neuen
Gemahlinnen. Die Späher der Seeräuber sehen dies mit Wonne
und höhnen und spotten nach Herzenslust, du habest nicht mal
dreiunddreißig, geschweige denn neunundneunzig oder gar
hundert Gemächer, um all die Schönen zu umhegen. Sie hingegen
schenkten einer jeden mit nur einem Fingerstreich einen ganzen
Palast.«

Die Schönste der Schönen ließ zur Beteuerung ihrer Worte das

49

kostbare Geschmeide an beiden Armen auf und nieder klirren. Abermals nippte sie am süßen Tee. Doch noch bevor der Sultan seinen weit aufgerissenen Mund wieder schließen konnte, fuhr sie in ihrer Rede fort.

»Mein Sultan, sei gewiß: deine Gemahlinnen lieben dich. Doch da du stets nur den Schönen der letzten Monde Gehör schenkst und allein ihnen die prächtigen Gemächer vorbehältst, bleiben den Gespielinnen der frühen Monde nichts als ein jämmerliches Leben in den Ruinen der äußeren Palastanlage und die Brosamen vom Tische deiner letzten Hochzeit. Auch wenn deine Frauen die Seeräuber hassen, so wissen sie doch, daß noch der letzte jener Barbaren ihnen morgen mehr freudvolle Liebesstreiche zukommen lassen wird als du ihnen heute. Ja, sie sind überzeugt, die Seeräuber würden ihnen gar Bewunderung zollen und wüßten sehr wohl ihre Reize zu schätzen. Und überlege, vielleicht ist es ihre ungestillte Sehnsucht, die die Seeräuber hierherruft!«

»Wer bist du, daß du solche Reden vor mir, dem mächtigsten Herrscher im ganzen Orient, zu führen wagst?« fuhr sie der Sultan an. »Ich rate dir, wäge deine Worte. Denn mein Entschluß, dich zu Vollmond zu meiner Gemahlin zu machen, ist schon Gesetz!«

»Über mich, mein Sultan«, erwiderte da die Schönste der Schönen, ohne auch nur die Stimme zu erheben, »hat niemand Gewalt als Welle und Gischt, diesen gehöre ich an. Seit Ewigkeiten liebkosen wir die Steine bei bei Tag und bei Nacht. Wir wiegten die Monde an deinen Gestaden, schon bevor der Urgroßvater deines

Urgroßvaters sie erblickte. Wir kennen dich, seit deine Amme dich in unseren Wassern badete. Nur deshalb wollen wir dir beistehen und helfen«, sprach die Schönste der Schönen, erhob sich und legte den Schleier über ihr Haar.

Ohne sich zu verbeugen, schickte sie sich an, das Gemach des unbelehrbaren Sultans zu verlassen. Dieser aber befahl ihr halb trotzig, halb verzweifelt zu bleiben. Da die Schönste der Schönen jedoch taub für Befehle jeder Art war, rief der Sultan mit überschnappender Stimme die Wachen. Auf der Stelle war die Schönste der Schönen von einem Dutzend Geharnischter umringt. Enger und enger zog sich der Kreis um sie. Doch als die Wächter Hand an sie legen wollten, packten sie nur einander an Nasen und Ohren, rissen sich an Bart und Augenbrauen und zerrten sich gegenseitig unter großem Geschrei hin und her. Nachdem sich das Knäuel endlich gelöst hatte, war die Schönste der Schönen verschwunden. Wo man auch suchte – hinter Säulen und Vasen, unter Kissen und Teppichen, im Springbrunnen und im Gewürzbecken –, man suchte vergeblich. Als hätte der Erdboden sie verschluckt. Nur eines ihrer Pantöffelchen ward gefunden und dem Sultan sogleich gebracht. Der wog es in Händen und besah es sich von allen Seiten.

»Seht her, seht nur alle her! Nur so viel bleibt von jenen, die es wagen, mir zu widersprechen oder mir Lehren zu erteilen!« sprachs und warf das Pantöffelchen achtlos hinter sich.

Still wurde es da im Palast des Sultans, ganz still, so still, daß selbst die taubstummen Geheimnisträger des Palastes sich an Ohren und Nasen griffen. Der blindwütige Sultan sah sich um. Keiner im Saal rührte sich, und auch der Herrscher selbst wußte mit einem Male nicht mehr, was er sagen, noch, was er tun sollte, um diese unerträgliche Stille zu beenden.

Er selbst lauschte wie in eine unendliche Reuse hinein. Er lauschte lange. Und als sein Ohr endlich jenen Punkt in der fernsten Ferne erhört hatte, dem die Stille entsprang, vernahm er ein ungeheures Rauschen. Und da wußte er, und mit ihm wußten im selben Augenblick alle, was dies zu bedeuten hatte und was nun geschehen würde. Alles würde so kommen, wie es die Schönste der Schönen prophezeit hatte. Und so geschah es dann auch.

Noch unzählige Monde danach, die Seeräuber hatten das Land längst wieder verlassen, sangen die Menschen Lieder auf die Güte und Gerechtigkeit jenes Sultans und priesen ihn als einen Herrscher, der von seinem Volk wahrlich geliebt worden war. Dabei wußte niemand zu sagen, ob sie dies taten, weil Untertanen und Dichter so zu reden und zu preisen haben oder weil sie sein Schicksal dauerte oder weil sie sich einfach nur nach einer Zeit sehnten, in der die Kamele ihres Sultans bei jedem Rennen als erste ins Ziel galoppiert waren.

Der garst'ge Blubber

Es war einmal ein armes Kind, das hatte keinen Vater und keine Mutter und keinen Anverwandten, die sich hätten um es kümmern wollen. So lief es ganz für sich durch die Welt, klaubte da und dort Eßbares aus den Abfällen, die den Hühnern und Schweinen vorgeworfen wurden, sammelte Beeren und nährte sich von Wurzeln und Pilzen. Als aber der Winter kam, fing es an, arg zu darben. Die Leute hielten wegen der Kälte und des Frosts ihr Vieh in den Ställen, und die karge Mahlzeit, die der Wald sonst bot, blieb ohne Erbarmen unter einer dicken Schneedecke verborgen. Weil es nun aber vor lauter Hunger und Kälte nicht schlafen konnte, lief das Kind Nacht für Nacht durch die Gassen und wimmerte und jammerte vor sich hin.

Wie staunte es aber, als es eines Abends, noch ganz in seine trostlose Litanei versunken, am Dorfbrunnen ein Feuer erblickte. Auf dem stand ein blankgeputzter kupferner Kessel, der vor sich hin köchelte und einen gar zu verlockenden Duft nach herzhafter Suppe verströmte.

»Ach, ich armes Heddelchen! Hab grad mein Röcklein und

meine Strümpf', die ich am Leibe trag, doch in den Bauch ist mir seit Wochen nichts Rechtes mehr gekommen. Man wird mir's wohl nachsehen, wenn ich einmal kräftig in den Topf hineinlange.«

Darauf griff das Kind beherzt in den Hafen und wollte sich grad einen ordentlichen Brocken von dem herrlichen Fleisch nehmen, als es vom Grunde des Kessels her begann, heftig zu brodeln und zu gurgeln. Das Kind zuckte zurück, hielt aber die aufgerissenen Augen fest auf den Blubber, der immer eifriger aufquoll und sich so merkwürdig kräuselte, daß es mal buschige Augenbrauen, mal eine Kartoffelnase, mal ein breites Maul zu erkennen glaubte.

»Ach«, sprach es da zu sich selbst, »welch garstig Trugbild gaukelt der Hunger mir vor, und wie köstlich duftet es doch aus dem Topfe.«

Das Kind nahm all seinen Mut zusammen, langte abermals hinein in den Topf, hatte schon einen Brocken köstlichen Fleisches in der Hand – da schloß sich etwas um sein dünnes Ärmchen, und noch bevor es seines Schreckens gewahr werden konnte, wurde es hinein in den Hafen und hinab in den Blubber gezogen.

»Stiehlst mir meine Kinder«, tönte eine schaurig tiefe Stimme ganz dicht an seinem Ohr, »raubst mir mein Liebstes!«

»Aber nein!« wollte das arme Kind rufen, brachte jedoch keinen Laut hervor. Die Dunkelheit klebte ihm an Augen und Haut. Zuerst glaubte das Kind, es träume nur. Selbst als die Finsternis allmählich wich und es sich auf einer kostbar verzierten Truhe wiederfand, hielt es all das für Truggespinste. Deshalb lächelte es auch und zeigte keinerlei Furcht, als der Blubber vor es hintrat und mit brodelnder Stimme sprach: »Du mußt mir dienen oder sterben.«

»Gern diene ich dir«, antwortete das Kind und war froh, daß niemand es ausschalt und fortjagte.

Von nun an verrichtete es allerlei Arbeiten, es kehrte die Stube aus, wusch die Wäsche, kochte und bestellte noch dazu den kleinen Garten. Dem Kind gefiel dieses Leben, denn beim garst'gen Blubb war es warm, und ausreichend zu essen und zu trinken gab es auch. Und an manchen Sonntagen, wenn der Blubb gute Laune hatte, spielten sie sogar ein paar Runden Kesselklirren und ließen Kiesel in die Kessel springen.

Als es aber einmal daranging, die Wäsche des Blubber auf-zuhängen, fiel aus der Hosentasche ein großer goldener Schlüssel, eben jener Schlüssel, den der Kesselherr zuzeiten wie ein Zepter in der Hand trug und wie seinen Augapfel hütete. Sogleich wurde das Kind von solch ungeheurer Unruhe und Neugier gepackt, daß es den Schlüssel eiligst unter seiner Schürze versteckte und an nichts anderes mehr denken konnte, als daß es das Schloß zum Schlüssel finden müsse, um zu erfahren, zu welchem geheimen Ort er wohl führe.

Ungeduldig verrichtete es sein Tagwerk. Als nach dem abend-lichen Mahl der Blubber das Kind noch zu dem sonst so heiß

ersehnten Spiel einlud, gab es vor, über die Maßen müde zu
sein.

»Lieber garst'ger Blubb, ich will mich gleich in mein Bett legen«,
sagte es und gähnte dabei recht beschwerlich. »Bin heut gar zu
erschöpft, als daß ich dir ein freudvoller Spielgesell wäre. Morgen
will ich dir aber deine Leibspeise kochen. Laß mich nur heut
gleich in meine Kammer steigen.«

Der Blubb war's zufrieden, kletterte drauf selbst in seinen Schlaf-
kessel und hinab auf den Grund und hob alsbald zu schnarchen an,
daß der Deckel nur so schepperte. Als das Kind dies hörte, hüpfte
es geschwind aus seinem Bett, holte den Schlüssel hervor und
hangelte sich leise die Stiege hinunter. Sachte schlich es an seiner
Herrschaft vorbei und öffnete die Türe im Fußboden. Eine steile
Treppe führte zu einem Keller hinab, aus dem es oftmals, wenn der
garst'ge Blubb dort hinuntergestiegen war, seltsame Geräusche
hatte herauftönen hören. Als es sich die ersten Stufen hinab-
getastet hatte, glitt es unversehens aus – ein Schrecken, als würde
es abermals in den großen Hafen gezogen werden. Doch rappelte
es sich nach dem Sturz wieder auf. Nun erblickte es vor sich einen
Kessel, ganz wie den, in den es einstmals so hungrig gegriffen hatte.
Es sah hinein und erkannte mit einem Male das Gesicht seines
toten Schwesterchens, das es einst im Arm gehalten und gewiegt
hatte.

»Fliehe, fliehe«, rief die tote Schwester ihm zu, hob beschwörend
die Ärmchen aus dem Sud und wies auf eine Tür. Das Kind steckte

den Schlüssel ins Schloß des Schlags und drehte ihn um. Wieder
ging es steil hinab. Vorsichtig nahm es Stufe um Stufe hinunter, bis
es endlich erneut vor einem Kessel stand.

»Ach, Vater!« rief es, als es nun da hineingesehen und in ein wohl-
vertrautes Gesicht geblickt hatte. Und der Vater im Kessel, über
dessen Kopfe es dampfte, streckte die Arme nach seinem Kind aus
und wollte es zu sich holen. Aber das Kind eilte weiter, schloß die
nächste Tür auf und stieg aufs neue hinab. Im dritten Kessel
schließlich fand es seine Mutter. Da durchfuhr ein Zittern seinen

kleinen Leib, es stürzten ihm die Tränen aus den Augen und rannen wie zwei Nesenbäche in den Kessel.

»Nun kommt Salz in die Suppe!« tönte plötzlich eine wohlbekannte Stimme, und als das Kind sich umsah, stand es gerad wieder dort, wo sich der Blubber zur Ruhe gelegt hatte.

»Einem wie dir nützt der goldene Schlüssel rein gar nichts«, lachte dröhnend der garst'ge Blubber.

»Du kannst gehen, wohin du nicht gehen sollst, und tun, was du nicht tun sollst, und sehen, was du nicht sehen sollst – es kommt doch nichts dabei heraus!«

Mit diesen Worten griff der garst'ge Blubber nach dem goldenen Schlüssel. Doch das Kind hielt sich daran mit Leibeskräften fest.

»Niemals werde ich loslassen«, rief es. »Ich weiß, daß der goldene Schlüssel auch mir zu gehorchen vermag!«

Aber kaum hatte es dies gesagt, da wandte und drehte sich der Schlüssel in seinen Händen so heftig, daß das Kind im Gewölbe hin und her geworfen wurde, an alle Wände stieß und alsbald kopfüber in denselben Kessel fiel, in den zuvor seine Tränen geflossen waren.

Wie nun das Kind in der Suppe gänzlich verschwunden war und sich auch kein Arm der Mutter mehr regte, rollte der garst'ge Blubb einen solch großen Deckel heran, daß er selbst ihn kaum lupfen konnte, schob ihn über den Kesselrand und beschwerte ihn mit allerlei Steinen.

Still war's mit einem Mal. Kein Greinen, kein Blubb, kein Jammergesang, selbst das Feuer zischte nicht mehr, denn die Scheite waren allesamt verglommen.

Und hätten wir euch nicht davon erzählt, so wüßte niemand von dem armen Kind, weder, wie es gelebt hat, noch, wie es gestorben ist.

Henkerslos
oder Wie das Leben vergeht

Es war einmal ein Henker, der hatte viel Unglück zu ertragen. Nachdem ihm seine geliebte Frau einen Sohn geboren hatte, starb sie. Mit seiner zweiten Frau bekam er zwei Söhne, von denen der erste drei Arme, der zweite nur einen hatte. Außerdem lebte er in Friedenszeiten und unter einem sanftmütigen König, so daß er kaum Arbeit hatte und mit seiner Familie Not litt.

Da sprach er zu seinem ältesten Sohn: »Hast du auch allen Grund, dein Recht als Erstgeborener einzufordern, so will ich dich dennoch hinaus in die Welt schicken. Du sollst nicht eher zurück-kehren, als daß du vom guten Grund das beste Stück, vom teuren Rat die seltenste Wendung und vom abwegigen Schicksal die herzloseste Fügung mir vorzulegen vermagst. Drei Dinge aber darfst du aus unserem Hause mitnehmen. Wähle also und ziehe hinaus in die Welt.«

Da antwortete ihm der Älteste betrübt: »Wohlan, mein Vater, dein Entschluß überrascht mich nicht. Habe ich doch in all den Nächten, in denen ich hörte, wie du dich schlaflos vom Rücken auf den Bauch und vom Bauch auf den Rücken wälztest, schon daran gedacht, daß ein Esser weniger unter deinem Dach die Not nicht lindern würde. So will ich meine beiden Brüder bitten, mit mir in die Fremde zu ziehen und deinen Willen zu erfüllen. Von dir aber, lieber Vater, erbitte ich den kleinen Finger deiner linken Hand als zwiefaches Zeichen: Daß es dir schwerfällt, mich fortzuschicken, und als Beweis dafür, daß du noch immer der beste Henker im Lande bist und das Beil wohl zu schwingen weißt.«

Ohne zu zögern, ergriff der Vater das Beil – und schon flog der kleine Finger, allerdings seiner rechten Hand, in hohem Bogen vom Hackklotz, auf dem gerade eben noch ein Huhn für die Suppe seinen Kopf hatte lassen müssen. Der Älteste hob den Finger auf, steckte ihn in einen kleinen Lederbeutel, den er am Gürtel trug, hieß seine beiden Brüder von Vater und Mutter Abschied nehmen und zog ihnen voran in die fremde Welt.

Am Abend kamen sie in ein Dorf, dessen Bewohner ihren gerade verstorbenen Richter zu Grabe getragen hatten. Die Witwe des Richters, ein junges und bildschönes Weib, nahm die drei Burschen bei sich auf, um sich in ihrem stillen Haus mit etwas Kurzweil zu trösten.

Alsbald saßen die jungen Männer um den Tisch in der Richter-stube, tranken und aßen und schütteten der Witwe ihr Herz aus. Zuerst hob der Älteste an zu jammern. Der Vater werde ihm auf ewig zürnen, denn obwohl er sich den kleinen Finger der Linken gewünscht, habe er nun den kleinen Finger der Rechten bekommen. Wo hatte er nur all die Jahre seine Augen gehabt und nicht bemerkt, daß der Vater Linkshänder war.

»Ach!« seufzte er. »Für wie nachlässig und lieblos wird mein Vater mich halten!«

Danach klagte der Einarmige. »Seit Monaten kam nichts Besseres als Petersilienwurzeln auf den Hackklotz! Und nun, noch eh wir zum Haus hinaus sind, liegt da ein fettes Suppenhuhn. Sollen ihnen doch die Knöchelchen im Hals steckenbleiben!«

Der Dreiarmige aber kraulte seinen Brüdern die Köpfe, brummte, daß es rein gar nichts bringe, sich über das eine oder das andere zu grämen, wer wisse schon, ob sie die lieben Eltern in diesem Leben je wiedersehen würden, und schmauchte an seiner Pfeife.

Die Witwe indes freute sich über die unerwartete Gesellschaft und lächelte mal dem einen, mal dem anderen, mal dem dritten Burschen zu, schenkte Wein nach und stieg zeitig hinauf in ihre Kammer.

Als ersten rief sie den Einarmigen zu sich. Nicht lang darauf saß dieser wieder bei seinen Brüdern. Nun verlangte sie, den Zwei-armigen zu sehen. Aber auch der kam schon bald wieder die Stiege herunter. Der Dreiarmige jedoch blieb bei ihr bis zum Morgen. Gestärkt mit einem kräftigen Kanten Brot und einem Schüssel-chen Milch, auf dem fingerhoch der Rahm stand, machten sich die Brüder endlich auf den Weg und wurden von der Richterswitwe mit einem Verslein entlassen.

Grund ist grad ein Wonnefraß.
Hast du eins und zwei und drei,
so ist Rat dein Wegetritt,
und das Schicksal ohne Wert
lehrt dich, ach, die Zeit nach Maß.

Die Brüder dankten ihr, schritten beherzt aus und ließen das
Dorf und die schöne Witwe schnell hinter sich. Zur Mittagszeit
kamen sie an eine Brücke, unter der das Wasser in freundlichem
Tosen dahinschoß. Hatten sich die drei Brüder schon vorher
geneckt und Witze auf Kosten der schönen Witwe gemacht, so
sprangen sie jetzt wie Fohlen umher und rissen einander die
Kleider vom Leibe, um im Flusse Kühlung zu suchen. Bei dieser
Tollerei aber öffnete sich das Beutelchen am Gürtel des Ältesten.
Und der kleine Finger des Vaters fiel ins Wasser. Wie ein Korken
tanzte nun der Finger auf den Wellen und zeigte gen Himmel. Der
Älteste stürzte sich sofort ins Wasser, der Einarmige hinterher, und
so blieb auch dem Dreiarmigen nichts anderes übrig, als es ihnen
gleichzutun.
Zweiarm erreichte mit Müh und Not den Finger des Vaters,
ergriff ihn – doch da erfasste ihn auch schon die Strömung. Hätte
nicht Einarm ihn gepackt, so wäre er glattweg ertrunken. Dreiarm
wiederum umschlang Einarm und hielt nach einem Ast oder
einer Wurzel Ausschau. Nichts dergleichen aber bot sich ihnen als
Rettung, und so trieben die drei Brüder am Finger des Vaters

unaufhaltsam stromab. Sosehr sie einander auch Mut zusprachen und sogar versuchten zu scherzen – die Kräfte verließen sie schnell. Das Murmeln aber, das von den Kieseln am Grund zu ihnen empordrang, wurde lauter und lauter. So sanken sie schließlich in die Tiefe hinab, und die Sinne schwanden allen dreien zugleich.

Aus der Umnachtung erwacht, fanden sie sich in einem seltsam irrlichternden Saale wieder. Rings an den Wänden loderten kleine Feuer, deren Flämmchen sich aus kristallenen Schalen nährten. Die Schalen aber wurden von Zwergen gehalten, die auf Felsvorsprüngen saßen und lebhaft mit den Beinen zappelten. Wie feixten diese, als sie sahen, wie die drei Brüder staunten, sich ein ums andere Mal die Augen rieben und vor lauter Gaffen kein Wort herausbrachten. Endlich faßte sich Einarm ein Herz und hob einen der Zwerge von seinem Platze.

»Was bist du für ein drolliger Gesell. Soll das deine ganze Arbeit sein, den Saal zu erleuchten, in den nur von ungefähr mal Besuch hereinfindet?«

»Ei was«, antwortete ihm dieser vorwitzig. »Soll dafür denn dein ganzer Mut herhalten, daß du dich samt deinen Brüdern von einem kleinen Finger forttreiben läßt?«

Dreiarm erbosten diese Worte, und er pflückte sich drei Zwerge auf einmal von den Wänden. Diese bekamen es aber keineswegs mit der Angst zu tun. Nein, sie juchzten vielmehr vor Vergnügen. Zweiarm, der sich diese Tollerei eine Weile lang mit ansah, fragte die seltsame Schar, wo sie hier seien, was sie, die Zwerge, denn eigentlich trieben und ob sie selbst die Herrscher dieser Behausung wären oder wem sie allenfalls dienten.

Auch diese Fragen belustigten die Zwerge sehr. Sie strampelten mit ihren Beinchen und hielten sich mit einer Hand den Bauch vor Lachen. Dann aber riefen sie: »Falsche Frage, falsch, ganz falsch!«

Und obwohl nur einer den Mund zum Sprechen auftat – es war jener, den Einarm gegriffen hatte –, so tönte es doch durch den Saal, als sprächen sie alle zugleich.

»Und wie lautet die richtige Frage?« wollte Zweiarm wissen.

Die Zwerge schüttelten die Köpfe. »Sagen wir nicht!« riefen sie wie aus einem Mund, und diesmal war nicht zu erkennen, wer überhaupt die Lippen bewegt hatte.

»Ihr seid unverschämt!« rief Dreiarm. Doch schon im nächsten Moment mußte er sich setzen. Als würden ihn Bleigewichte an jedem Arm zu Boden ziehen, so schwer wurden ihm die Glieder. Die drei Zwerge aber entwanden sich mir nichts, dir nichts seinen Händen, und auch jener, den Einarm gehalten hatte, befreite sich aus der Faust. Behende sprangen sie, die Schalen mit den Flämmchen immer über ihren Köpfen, wieder auf die Vorsprünge des Felsens.

»Seid ihr nicht Ertrunkene?« riefen sie wieder alle zusammen.

»Wundert es euch nicht, noch am Leben zu sein? Wißt ihr denn nicht mehr, wie eure Aufgabe lautet? Hat euch niemand gesagt, daß ihr heute noch eurer wahren Bestimmung, wo nicht gerechten Strafe, zugeführt werdet? Zeigt ihr denn keinerlei Reue und Scham, daß ihr, seit ihr das Haus eures Vaters verlassen habt, während dreier Jahre Herumziehens und Herumloderns, gänzlich eure Pflicht gegenüber den greisen Eltern vergessen habt?«

Einer nach dem anderen fuhren die Brüder nun auf, reckten ihre Fäuste gegen die anmaßende Wichtelschar und waren so erbost, daß ihnen die Adern schwollen und die Halstücher, die sie allein noch am Leibe trugen, knirschten: »Gerade mal eine Nacht sind wir aus dem Hause des Vaters fort, haben just ein Malen bei einem traurigen Weib genächtigt, das unserer Arme wohl bedurfte, und kaum zwei Tagesmärsche zurückgelegt. Von wegen drei Jahre! Hach! Wollt ihr mit euerm nußgroßen Hirn uns gar die Zeit lehren? Elendige Schalenhalter, die ihr seid, möge euch das Feuer die Bärte sengen, wenn ihr nicht gleich mit euren üblen Verleumdungen aufhört!«

Die Brüder hätten wohl noch eine ganze Zeit weitergezetert und -gewettert und womöglich noch die Hand erhoben gegen den einen oder anderen Zwerg, wenn da nicht unter schauerlichem Stöhnen und Seufzen eines der Lichter erloschen und ein Schatten über die drei Brüder gefallen wäre.

»Das war eurer Mutter Lebenslicht«, hallte es da aus dem Munde der Zwerge, die wieder kräftig mit den Beinen zappelten.

Einarm begann zu schluchzen. Dreiarm jedoch rief: »Was habt ihr getan?« Zweiarm aber folgte schnellen Schrittes dem kleinen

Finger des Vaters, der in seiner Hand zu zucken begonnen hatte und ihn jetzt vorwärts zog, weiter hinein in die Höhle. Einarm und Dreiarm eilten ihnen nach. Sie machten erst halt, als sie vor ihren eigenen Lebenslichtern standen. Wie freuten sie sich, als sie die lodernden Flammen sahen, die den Raum bis in den letzten Winkel erhellten.

»Ach, ihr Dummköpfe«, hob da plötzlich der kleine Finger des Vaters zu sprechen an, »was habe ich doch für Dummköpfe gezeugt! Seht ihr denn nicht, wie schnell sie sich verzehren?! Habt ihr vergessen, was ich euch auf den Weg gab und was euch die Witwe hieß? Rasch! Handelt! Sonst ist es um uns geschehen!«

Die Brüder sahen einander mit glühenden Wangen und Ohren an. Endlich klatschte sich der Älteste mit der flachen Hand gegen die Stirn und rief: »Ach, ich abermals Verraten' und Verkaufter, ich Esel und Ziegenbock! Wo hab ich nur all meine Gedanken gehabt? Erinnert ihr euch an den Gevatter«, wandte er sich an seine Brüder. »Jener, welcher vor der Hütte der traurigen Witwe saß und uns hieß, dort um das Nachtlager zu bitten? Als das dralle Weib uns so freundlich einließ, sah ich, wie er sich die Hände rieb und dabei ein ums andere Mal in seinen Bart hineinraspelte: ›Ja, die drei Söhnchen, ja, wenn die nur wüßten …! Nun haben wir sie allemal.‹ Ich dacht' mir zur Stund' nichts dabei, aber als ich hinaufstieg zur Kammer der ach so untröstlichen Witwe, da war es mir, als ob die Stiegen ebenfalls knarzten: ›Ja, die drei Söhnchen, ja, wenn die nur wüßten …! Nun haben wir sie allemal.‹ Und als ich dann die Witwe ungetröstet verlassen mußte und hinabstieg zu euch, da greinten die Stiegen: ›Nein, die drei Söhnchen, nein, die werden's wohl nicht richten.‹«

Darauf wollte Einarm anheben, aber Dreiarm stieß ihn grob beiseite. »Von dem Bärtigen vor der Hütte sah und hörte ich nichts, mich dünkt, den hast du soeben erfunden. Und von den Stiegen weiß ich nur, daß sie weniger seufzten als die Witwe, aus deren Armen ich nicht fortgekommen wäre ohne meinen dritten. Fragt lieber, was vom guten Grund das beste Stück, vom teuren Rat die seltenste Wendung und vom abwegigen Schicksal die herzloseste Fügung ist, damit wir wieder nach Hause kommen, eh wir zu Greisen werden.«

Dem Dreiarm erwiderte Einarm: »Du mit deinen Kräften hast gut reden. Aber was einer von uns getan hat, soll gelten, als hätte es ein jeder von uns getan. Schließlich sind wir ja Brüder. Was aber vom guten Grund das beste Stück ist, will ich euch sagen, sind wir doch hier auf dem Grund des Flusses. Aus welchem Grunde sind wir noch am Leben, wenn dies kein guter Grund wäre, dieser Grund, und das beste hier ist der kleine Finger des Vaters, denn der weiß mehr als wir alle zusammen. Vom teuren Rat die seltenste Wendung ist ebenfalls nicht schwer zu finden, haben wir doch teuer bezahlt, als uns unser großer Bruder riet, mit ihm in die Welt zu ziehen, um Elend und Sorge der Eltern zu lindern. Und selten genug scheint mir die Wendung, die das Schicksal jetzt mit uns

nahm. Abwegig gleichwohl kann unser Los doch nur von demjenigen geschmäht werden, der sich auf dem rechten Wege glaubt.
Aber wiederum abwegig muß doch des Rechtwegigen Vorsehung
erfahren werden von dem, der jenseits dieser Bahn schreitet. Hab
ich nicht recht, liebe Brüder?«

Zweiarm und Dreiarm staunten nicht schlecht, als sie den Ärmling
so reden hörten. Selbst die Zwerge schwiegen still, runzelten die
Stirn und kauten verlegen an ihren Bärten. Endlich war es Dreiarm, der entschlossen sein Halstuch löste und brummte: »Nun,
versteh ich dich recht, Bruder, so meinst du wohl, wir sind tot, aber
lebendig, und uns Toten ist ihr Totsein das Leben. Ja, fragst du
mich, so fühle ich mich lebendiger als zu Lebzeiten, weshalb ich
jene, die nur leben und das für das einzige Lebendigsein halten, als
Toren ansehe. Wenn dem so ist und du mir zustimmst, Ärmling,
und ich mich nicht in einen Traum verirrt habe, so haben wir auf
der ganzen Welt nichts mehr zu fürchten, als daß wir selbst verzagt
wären. Wohlan, Brüder, laßt uns herausfinden, was es heißt, in
Freiheit zu leben!«

Doch da ihn die beiden ratlos ansahen und in ihren Augen kaum
eine Ahnung von dem glomm, was ihn beseelte, klatschte er, so laut
er konnte, mit seinen drei Händen und rief: »Wohlan, ich werde
euch ein Beispiel geben!« Und damit ergriff er den Finger des
Vaters. »Ich habe Hunger – und nun werde ich das beste Stück
verspeisen, liebe Brüder, nicht ohne einem jeden von euch den
zustehenden Anteil übrigzulassen!«

Damit wollte er kräftig in den Finger beißen, als dieser unversehens zu singen anhob:

> Laß mich doch am Leben,
> will euch noch was geben,
> vom väterlichen Rat,
> das ist meine Tat.

Und damit begann der väterliche Finger in des Dreiarms mittlerer Hand ungeduldig zu zuckeln und streckte sich dann kerzengerade. Die Brüder sahen in die Richtung, in die der Finger wies. Wie erhellte die Freude ihre Gesichter, als sie vor sich den Weg sahen, der sich unversehens in einer düsteren Nische der Felswand auftat. Zunächst nur ein mattdämmernder Spalt, weitete er sich doch alsbald zu einem bequemen Durchgang, der den Blick auf eine saftige Wiese und in der Ferne, ja, auf die Zinnen der Burg nahe ihres Dorfes freigab. Wie jauchzten die Burschen da auf und waren nicht mehr zu halten. Einer nach dem anderen drang durch die Öffnung im Fels und blinzelte schon im nächsten Augenblick ins gleißende Sonnenlicht.

Einarmig, zweiarmig, dreiarmig grüßten sie eilig noch die Zwerge, schritten dann aber weit aus und strebten der Heimat zu. Kam ihnen ein Fuhrwerk entgegen und machte sich gar lustig über ihre Nacketheit, so traten sie den Ochsen in die Vorderläufe und rissen soviel von der Ladung herunter, wie sie packen konnten. Kreuzte ein frommer Pilger ihren Weg und hieß sie Abbitte tun für ihren lasterhaften Aufzug, so walkten sie ihn derart kräftig durch, daß dieser nur noch auf allen vieren zu krauchen vermochte. Als aber drei junge Mägde sich kichernd an ihnen vorbeidrücken wollten, lachten die Brüder, und ein jeder schlang grad so viele Arme, wie er hatte, um eines der Mädchen und zog es mit sich.

Eine gute Stunde Fußmarsch von Dorf und Burg entfernt, erspähten sie auf den Zinnen der Mauern die blutroten Fahnen, die im Wind flatterten. Wie wurde den Brüdern da warm ums Herz, daß sie die Mägde noch heftiger herzten und noch fester umschlangen. Richttag wurde gefeiert! Und es war ihnen grad so, als hörten sie des Vaters Beil ein ums andere Mal niedersausen und den Hackklotz dröhnen und die Menge ihre »Ahs« und »Ohs« und »Achs« seufzen.

Kaum aber hatten sie den drei Mägden von ihrem Vater erzählt und dessen Finger herumgehen lassen, da wurden sie auf einen Pfiff hin von einer Kompanie Soldaten umstellt, in Fesseln gelegt und mit Tritten und Fausthieben wie ein Pack Verbrecher den Weg zur Burg hinaufgetrieben. Der Hauptmann tönte, sie seien jene drei entlaufenen Soldaten, die ihnen noch fehlten, jene Aufrührer, die sich gegen den neuen König erhoben hätten. Wohl hätten sie sich ihrer Uniform entledigt, doch niemand im ganzen Volk wolle ihnen neue Kleidung geben.

Die drei Mägde baten die Soldaten händeringend um Gnade. Woher hätten sie all das wissen sollen? Dann aber lachten sie

lauthals, als ihnen die Soldaten den blanken Hintern versohlten.
Einarm, Zweiarm und Dreiarm beteuerten stets aufs neue, die drei
Söhne des Henkers zu sein, und wollten den kleinen Finger des
Vaters vorzeigen. Doch der Finger blieb unauffindbar.

Der Hauptmann spuckte nur aus, lachte und rief, sie seien ja auf
dem rechten Weg, denn zum Henker würden sie geradewegs
geführt. Als sie durch das Burgtor kamen, sahen sie körbeweise
abgehackte Köpfe, alles Köpfe junger tapferer Männer. Der Hauptmann stellte die Söhne in die Reihe derer, die ihre Hinrichtung
erwarteten, so daß sie der Arbeit ihres Vaters nun aus nächster
Nähe beiwohnen konnten.

Wie staunten sie aber, als ihr lieber Vater nach drei abgeschlagenen
Köpfen sich auf sein Henkersbeil stützte, eine Frau ihm einen
Krug Wasser reichte und ihm mit einem Tuch den Schweiß auf
Stirn und Wangen trocknete. Es war keine andere als die schöne
Witwe, die nun anstelle der Mutter dem Vater zur Hand ging. Sie
war es auch, die den Vater ermunterte, das Beil nur weiter mit
ganzer Kraft zu führen, reicher, ja herrlicher Lohn sei ihm sicher.
Selbst als die Reihe an die Brüder kam, redete sie weiter auf ihn
ein, die Arbeit nur rasch zu beenden, denn bald nun sei alles
geschafft. So enthauptete der Henker kurz hintereinander mit
Kraft und Geschick Einarm und Zweiarm, sosehr diese auch zu
ihrem Vater flehten, er möge sich ihrer erinnern.

Auch Dreiarm hob an, seinen Vater um Gnade anzuflehen, doch
der war blind vor Tatendrang. Da zog die schöne Witwe einen

76

Finger hervor, säuberte ihn rasch mit Spucke und ihrem Ärmel und steckte ihn Dreiarm zu.

»Da, siehe nur!« rief Dreiarm und reckte den Finger dem Vater entgegen. Der besah sich den Finger nicht so genau, war aber froh, seinen Dreiarm wiederzuhaben.

Der Henker bezeugte vor König und Gott, daß dies sein Sohn sei. Da begnadigte ihn der König, und der Henker durfte seinen Sohn lebend mitnehmen. Dreiarm half nun seinem Vater, den verdienten Lohn nach Hause zu tragen. Die Witwe trocknete auch ihm die schweißnasse Stirn und lächelte ihm freundlich zu.

Die Köpfe von Einarm und Zweiarm aber, die in alldem Trubel unbeachtet von der Richtstatt gerollt waren, schauten den drei Versöhnten wehmütig nach. Auch wenn ihnen die Zunge schon etwas taub und schwer ward, so hoben sie nun doch mit aller Kraft, die ihnen geblieben war, zu sprechen an:

> Grund ist grad ein Wonnefraß.
> Hast du eins und zwei und drei,
> so ist Rat dein Wegetritt,
> und das Schicksal ohne Wert
> lehrt dich, ach, die Zeit nach Maß.

Grad als sie die letzte Silbe herausgestoßen hatten, kam der Finger des Vaters herbei und drückte sich sacht, aber bestimmt auf die zuckenden, doch schon blau gefärbten Lippen, daß sie ein für allemal stilleschwiegen. Und das taten sie dann auch.

Die Geschichte vom Großwesir
und seiner Geschichte

»Ach!« seufzte einst ein Sultan und klagte. »Alle Wünsche lest ihr mir von den Augen ab, aber meinen sehnlichsten Wunsch wird wohl niemand je erraten!«

Bestürzt warf sich sein Großwesir vor ihm in den Staub und sprach: »Wenn ich es nicht vermag, Eure Wünsche zu erkennen und zu erfüllen, so bin ich auch nicht würdig, unter dieser Eurer Sonne zu leben.«

Der Sultan, der sein ganzes Leben mit dem Großwesir verbracht und ihn über die Zeit recht liebgewonnen hatte, winkte ihn heran, legte einen Arm um dessen Schulter und flüsterte ihm ins Ohr, daß es keinen Wunsch gebe, der mehr an ihm zehrte als jener, einen Blick in die Unendlichkeit zu tun. Ja, seine halbe Schatzkammer würde er mit Freuden demjenigen schenken, der ihm einen Blick in die Unendlichkeit zu tun erlaube.

Kaum daß sich die Lippen des Sultans vom Ohr des Großwesirs gelöst hatten, erhob sich dieser, klatschte in die Hände und ließ zwei mannshohe Spiegel ins fürstliche Schlafgemach bringen.

Auf sein Geheiß hin wurden die Spiegel einander gegenüber aufgestellt. Dann bat unter zahlreichen tiefen Verbeugungen der Großwesir den Sultan, zwischen diese Spiegel zu treten. Der erhabene Blick des allerweisesten Sultans könne hier und jetzt in die Unendlichkeit gerichtet werden …

Von Stund an verbrachte der Sultan ganze Tage damit, mal in den einen Spiegel zu sehen und mal in den anderen. Er drehte und wendete sich in einem fort und das, obwohl er, wenn er in den einen Spiegel blickte, auch des anderen Spiegels ansichtig wurde. Ja, der Sultan beschäftigte eigens vier Diener, die den lieben langen Tag nichts anderes taten, als die Spiegel auf seine Weisung hin zu verstellen, sie heranzuholen oder weiter wegzutragen, zu heben, zu kippen, mit einem Male und mit Ruck oder jeden für sich und ganz sacht.

So erforschte der Sultan die ihm gebotene Unendlichkeit. Und dennoch hatte er das Gefühl, er selbst sei es, der sich beim Blick in die Unendlichkeit im Wege stehe. Schließlich verfluchte er sein Spiegelbild, dem es doch immer wieder gelang, sich dreist zwischen ihn und die Unendlichkeit zu schieben. Seine Flüche hallten von Tag zu Tag, von Stund zu Stunde arg und ärger durch den Palast. So wurde der Sultan über die Maßen schwermütig. »Großwesir«, sprach er, »du hast mir die Unendlichkeit zeigen wollen, aber ich selbst bin es, der mir den Blick dahinein – oder ist es dahinaus? – verstellt. Am Ende sehe ich doch nie, was hinter oder vor mir liegt.«

Der Großwesir wiegte den Kopf und legte eine Hand an die Wange. »Da hilft nur eine Geschichte, eine Geschichte aus einem fernen, fernen Land, einem Land, das weit hinter jenen Bergen und Tälern liegt, wo abends die Sonne unterzugehen pflegt.« »Erzähl!« befahl der Sultan und ließ sich mit ausgebreiteten Armen in seine Kissen sinken. Der Großwesir schloß für einen Moment die Augen. Dann begann er.

Da sie nun in das Alter kam, in dem den Mädchen gemeinhin ein Herr und Gatte erwählt wurde, entschied Lydia, daß ihr Schicksal sich wenden müsse. Und von allein, soviel hatte sie erkannt, würde es dies nicht tun.

Als sie eines Tages im Wams eines ihrer lästigen Verehrer an die zwei Dutzend Golddukaten ertastet hatte, zauderte sie nicht lange, erstach ihn mit seinem eigenen Degen, trennte behend die Nähte auf und steckte sich die Taler ins Mieder. Dann schaffte sie den in seinem Blute liegenden Junker umsichtig unter die Erde. Keiner hatte etwas bemerkt, niemand fragte nach ihm.

Mit dem erbeuteten Gold nahm sie Wohnstatt in einem äußerlich unscheinbaren, inwendig jedoch ganz ausgezeichneten Haus, ließ Stoffhändler, Schneider, Seifensieder, Schuh- und Putzmacher kommen und auch einen Bader, der sich auf Zahnlücken verstand. Und als sie alles aufs angenehmste eingerichtet hatte, stellten sich wie von selbst auch Magd, Köchin und Zofe bei ihr ein. Sogar einen Kutscher beschäftigte sie, obwohl sie weder Pferd noch

Kutsche besaß. Von nun an hatte Lydia nichts anderes mehr zu tun, als geputzt und geschnatzt ihre Tage zu vertändeln, von ihrem Fenster aus mit spitzen Steinchen auf Kinder oder alte Weiber zu zielen oder mit ungehörigen Worten den Priester im Beichtstuhl zu erschrecken.

War aber Markttag, so schritt sie mit ihrer Zofe durch die geschäftig fröhliche Menge und ließ Köchin und Magd mit Eifer um jedes Stück Fleisch, jeden Sack Mehl und um jeden Korb Eier feilschen. Hernach schlug die kleine Gesellschaft den Weg zum Pferdemarkt ein, auf dem sich stets eine bunte Schar junger Edelleute aus der Stadt, von den umliegenden Ländereien und selbst aus fremden Ländern drängte, um einen Trakehner, einen Danubier oder auch nur einen Gelderländer für die Kutschfahrten ihrer Mütter und Schwestern zu erstehen. Lydia bewegte sich erhobenen Hauptes und voller Gleichmut durch das dichte Gedränge von dampfenden Pferdehälsen, übermütigen Burschen, die noch ihren ersten Flaum pflegten, gewitzten Händlern und stattlichen Junkern, die Gäule für die Brautschau suchten. Ohne alle Furcht und Scheu strich sie den Tieren über die Flanken, begutachtete hier einen Huf, dort ein Gebiß, hob den einen oder anderen Schweif, fuhr mit ihrem Seidentuch in die feuchten Nüstern oder schnalzte einem Gaul ins aufgestellte Ohr, daß dieser sich laut wiehernd aufbäumte.

Dies alles tat sie, ohne die Männer auch nur eines Blickes zu würdigen. Kaum einer unter ihnen, der nicht den Hals nach ihr verdrehte und alsbald zu wissen begehrte, wer die so überaus vornehme und stolze Dame sei und zu wem sie gehöre. Die Zofe, der die Herren Geld zusteckten, um Name und Haus der Freiin zu erfahren, hielt diese jedoch so lange hin, bis sie vor Neugier und Ungeduld halb toll wurden. Oft mußten sie sich mehrere Tage, mitunter gar länger, in qualvoller Geduld üben, bis endlich die Magd mit einem kleinen Licht am vereinbarten Platze erschien und den Edelmann durch gewundene Gassen treppauf, treppab und um viele Ecken herum vor die ersehnte Türe führte.

Lydia aber empfing die jungen Edelleute jedesmal aufs liebenswürdigste, fragte sie artig nach ihrem Woher und Wohin, erkundigte sich nach ihren Familien und ließ einen jeden köstlich bewirten. Wenn es wie stets sehr spät wurde, lud Lydia ihren Gast ein, in ihrem Hause zu nächtigen, was keiner der Edelleute je ausschlug. Beim Auskleiden ging dem Gast dann der Kutscher zur Hand, der später mit einem Licht auch die Stiege hinaufleuchtete, dorthin, wo die Notdurft verrichtet werden konnte. Kaum aber hatte der Nachtgast die Heimlichkeit betreten, gab ein Balken unter ihm nach – und der Herr fiel hinab in die dreimannshohe Grube.

Der Schreck aber war größer als die Gefahr, denn beinah ein jeder der Geladenen konnte sich aus der übel stinkenden Brühe retten. Besudelt vom Scheitel bis zur Sohle klopften sie alsdann an die Haustüre Lydias und baten verzagt um Einlaß. Doch, wie vom bösen Schicksal verfolgt, wollte sie niemand erhören. Riefen sie in ihrer Verzweiflung lauter, so öffnete sich über ihnen Fenster um

Fenster und aus jedem keifte und zeterte ein Weib, was das für ein Geschrei zur Nachtzeit sei und daß der Sudelgeck sich zum Teufel scheren solle. Wenn der arme Tropf dann wahrheitsgemäß beteuerte, ein wohlgelittener Nachtgast der holden Lydia zu sein, wußte niemand, von wem die Rede war. Keiner wollte je von diesem Frauenzimmer gehört haben. Ja, man schmähte den plärrenden Herrn gar einen Hochstapler und Betrüger, der ehrenwerte Bürger ihres Nachtschlafs beraubte. Wenn dann der Ärmste noch immer keine Ruhe gab, leerten die Weiber ihr Nachtgeschirr über ihm aus und pfiffen ein paar Kerle und Köter herbei, den unglückseligen Stänkerjunker davonzujagen.

So geschah es Mond für Mond, winters wie sommers und Jahr um Jahr. Pferdemarkt und Balken sorgten für ein wohliges Leben der ledigen Waise und ihrer Dienerschaft, bargen doch die zurückgelassenen Kleider der Herren Gold und Geld in Hülle und Fülle, so daß Lydia freigebig selbst zu Nachbarn, Bettlern und herrenlosen Hunden war.

Eines Tages aber überwand einer der gefallenen und vertriebenen Edelleute die Schmach und erschien noch am selben Morgen samt seinem Vater und der halben Stadtwache vor Lydias Haus. Ohne viel Federlesens trat der Trupp die Haustür ein, und Vater und Sohn kamen gerade recht, als Lydia das Wams des Edelmannes zerschnitt. Sie packten die Schöne, banden sie und führten sie vor den Richter.

Anfangs leugnete Lydia die ihr vorgeworfenen Missetaten und

ersuchte die Richter, bald den oder jenen
Nachbarn herbeizurufen, daß er für sie bürge.
Man solle nur erzählen, unter welch
schrecklichen Menschen sie als junges
Mädchen habe leben und was
ertragen und erleiden
müssen. Sie fand
viel Mitleid und
viele, die für sie
sprachen. Doch
meldeten sich nach und
nach immer mehr und mehr Menschen, die gegen sie zeugten.

Selbst von weit her reisten welche an, die obendrein noch
schlimmere Anschuldigungen wider sie erhoben. Der Stadt-
schreiber aber notierte alles aufs peinlichste und verfasste so die
dunkle Chronik der Sünderin.

Am siebenten Tage war es Lydia leid, sie kniete nieder, neigte den
Kopf, gestand alles und zeigte Reue. Doch zu spät. Sie wurde zum
Tod durch das Beil verurteilt.

»Ach«, hieß es da überall in der Stadt, »wann ist je ein so schöner
Kopf gefallen? Der Scharfrichter wird seine Freude daran haben.«
Als Lydia am Richttag in aller Herrgottsfrühe auf einem alten
Karren und in einen Sack gehüllt zum Schafott gefahren wurde,
stand das ganze Volk dichtgedrängt Spalier. Alle wollten sie die
schöne und stolze, jetzt trostlose Lydia sehen. Die Sonne stieg

gerade über die Zinnen der Stadt, als der oberste Ratsherr mit dem Verlesen der Klageschrift begann.

Lydia selbst schluchzte ein ums andere Mal auf und rang die Hände beim Hören all dessen, was ihr widerfahren und was sie anderen angetan hatte. Ja, die eigene Geschichte erst durchlebt und hernach vernommen, frißt sich wahrlich ins Innerste, bevor sie uns ermüdet und unseren Blick ins Nichts lenkt.

Selbst dem obersten Ratsherrn fiel es schwer, in der Stimme fest und in der Haltung würdig zu bleiben. Einige Male mußte er gar seinen Vortrag unterbrechen und im Ärmel seines Talars das Gesicht bergen. In einer dieser Pausen kam er mit den übrigen Herren des Rates überein, Lydia nach alter Sitte eine letzte Bitte zu gewähren.

Sie dankte ihren Richtern und sprach: »Hohe Herren! Ich begehre nichts weiter, als meine Geschichte in aller Vollständigkeit und Genauigkeit gemäß der Ereignisse meines Lebens hören zu dürfen. Erfüllt Ihr mir diesen Wunsch, so will mir um mein junges Leben nicht bange sein.«

Der oberste Ratsherr hob die Brauen und sah sich nach den anderen Räten um, die aber allesamt nur mit den Achseln zuckten.

»Deine Bitte sei dir gewährt«, erwiderte er schließlich. »Aber nichts anderes wäre meine Pflicht gewesen.«

Und so fuhr er fort, die Klageschrift zu verlesen. Beim letzten Satz angelangt, bebte seine Stimme, seine Hände zitterten.

»Und so fuhr man sie hin auf den Pferdemarkt, wo daselbst das Schafott errichtet worden war, ihr die gerechte Strafe zuteil werden zu lassen.«

In die Stille, die den letzten Worten folgte, rief es plötzlich hell hinein: »Herr Ratsherr, fahrt doch fort, fahrt fort, wie Ihr es mir verspracht!«

Der Rat wußte weder, was er darauf antworten, noch, was er sonst hätte tun sollen. Und da in der Runde der Ratsherren wie auch in der glotzenden Menge es keiner wagte, seine Stimme zu erheben, rief Lydia: »Nun, güt'ger Herr! Soeben verspracht Ihr mir doch, daß ich in aller Vollständigkeit und Genauigkeit und gemäß der Ereignisse meines Lebens die Schrift werde hören dürfen. Und Ihr selbst sagtet, nichts anderes sei Eure Pflicht! So schildert nun weiter, wie Ihr begonnen habt, mir meine Geschichte vorzulesen, und erzählt, wie ich und alles Volk hier Euch zugehört und wie mich und Euch selbst und alle hier die Qualen meiner Kindheit ergriffen haben. Dann erzählt doch, wie Ihr erzähltet, wie ich meiner armen Mutter und meines teuren Vaters früh beraubt wurde, erzählt doch, wie Ihr erzähltet, wie ich zusehen mußte, wie die geliebten Eltern verhöhnt, mißhandelt und gemeuchelt wurden, erzählt doch, wie Ihr erzähltet, wie man mich schließlich verschleppte, die geringsten und schlimmsten Arbeiten verrichten ließ und es mir mit nichts als Schimpf und Schande entlohnte. Und wie hieß es dann auf Eurem Pergament: Sie aber wollte nicht Gleiches mit Gleichem vergelten, wie es sie die lieben Eltern gelehrt hatten. Sie nahm hin, daß man sie dürsten und darben ließ, daß man sie mit Tritten bedachte, sobald sie nur flehentlich die Augen hob, daß der eine sie an den anderen verkaufte. Lydia ertrug ihr Los. Aber dies half ihr nichts. Niemand wollte sich des Mädchens erbarmen und ihm ein besseres Leben schenken, wie sie es doch als Mensch unter Menschen verdient hätte.

Da sie nun in das Alter kam, in dem den Mädchen gemeinhin ein Herr und Gatte erwählt wurde, entschied Lydia, daß ihr Schicksal sich wenden müsse. Und von allein, soviel hatte sie erkannt, würde es dies nicht tun.

Als sie eines Tages im Wams eines ihrer lästigen Verehrer an die zwei Dutzend Golddukaten ertastet hatte, zauderte sie nicht lange, erstach ihn mit seinem eigenen Degen, trennte behend die Nähte auf und steckte sich die Taler ins Mieder. Dann schaffte sie den in seinem Blute liegenden Junker umsichtig unter die Erde. Keiner hatte etwas bemerkt, niemand fragte nach ihm.«

Der Mond war bereits am Himmel erschienen und warf lange Schatten in den Saal, als der Großwesir verstummte, niederkniete und Stirn und Hände auf den Boden legte. Der Sultan starrte ihn an. »Wie?« rief er. »So willst du deine Geschichte beenden?« »Mein großmütiger allwissender Herrscher«, antwortete ihm der Großwesir, indem er erschrocken zum Sultan aufblickte, dann aber schnell seinen Blick senkte. »Meine Geschichte kennt kein Ende, so wie sie nichts von einem Anfang weiß. Sie selbst ist es, die sich wieder und wieder erzählt. Allein wir Sterblichen sind es, die ihr einen Anfang und ein Ende geben, so wie Allah geruht, es Morgen und Abend werden zu lassen.«

»Was soll das heißen?« rief der Sultan.

»Das soll heißen, daß auch ich nicht weiß, ob es der oberste Rat war, der uns diese Geschichte erzählt hat, oder ob Lydia erzählte, wie der Ratsherr erzählte, oder ob wir ihrem dritten oder ihrem siebenten Wieder- und Widerklang lauschten oder ihrem tausendundersten.«

»Willst du mich verspotten? Was hat das mit meiner Frage zu tun?« fuhr der Sultan den Großwesir an.

Der Großwesir begann zu zittern. Er wußte, daß, wenn ihm seine Geschichte nicht half, ihn nunmehr auch keine noch so gute Erklärung würde retten können. Kaum aber hatte er das verstanden, packten ihn auch schon die Wachen, führten ihn ab und übergaben ihn dem Scharfrichter, der den Großwesir noch am selben Tage köpfte.

Der Sultan ließ die Spiegel hinaustragen und bestimmte einen neuen Großwesir. Und nun war eigentlich wieder alles so wie früher, nur daß der Sultan keine weiteren Wünsche hegte als jene, die ihm von den Augen abgelesen werden konnten.

Eines Tages jedoch wälzte sich der Sultan ruhelos auf seinen Kissen. »Ach!« seufzte er auf und begann zu klagen

Norbert Miller

Märchenmuster

Einsame und verwitwete Väter in den Märchen bei den Brüdern Grimm und bei Ludwig Bechstein haben oft drei sehr unterschiedliche Töchter oder Söhne, die sich in allerlei Proben zu bewähren haben – der Schneider mit seinen drei Söhnen und der bösen Ziege in »Tischchen deck dich, Goldesel und Knüppel aus dem Sack«, das Aschenputtel mit ihren zwei tückischen Stiefschwestern –, immer hat sich eins von dreien zu bewähren, wo es den anderen beiden aus Ungeschick oder Bosheit mißlingt. Die jüngsten Kinder sind es zumeist, die echten und eigenen gelegentlich, die durch ihre Eigenschaften mit der Märchengerechtigkeit heimlich im Bunde sind und alles zu einem Ende bringen, das gut genannt sein will. Daß Sultane im Morgenland einen Großwesir zu eigen haben, dem später einmal der Kopf abgeschlagen wird, daß mit ihm auch der Scharfrichter den hohen Herrn auf den nächtlichen Streifzügen durch die Straßen und Märkte der großen Stadt begleitet – alles dies gehört (und jedes Kind wußte das früher!) zur Grundausstattung jener Geschichten, die wir mit den Tausend Nächten und der Einen von Scheherazade in Verbindung bringen. So konnte sich Alt und Jung im Heimischen wie im Fremden zu Hause fühlen, weil die Regeln und Zahlenordnungen sich in Abwandlungen wiederholten und beim Leser Vertrauen im Wunderbaren sicherten.

»Es war einmal ein Müller, der hatte drei Töchter« – die Eingangsformel aus dem ersten Märchen von Ingo Schulze und Christine Traber »Hierhin, Dahin und Dorthin« weckt Einverständnis. So fangen Märchen an, und daß man die drei Töchter nicht nur im Alter unterscheidet, sondern ihnen nicht näher begründete Attribute beigibt, der Ältesten die Kugel aus purem Gold zum Spielen, der Mittleren den roten Schal und die roten Handschuhe, der morgenschönsten Jüngsten die Kunst und die Leidenschaft fürs Spinnen, weist uns unmißverständlich den Weg, wie am Ende die Schönste und Fleißigste – denn für den Schiedsspruch des Märchens ist nun einmal die Schönheit ebenso die Voraussetzung wie der Gewerbefleiß oder die Tugend – das im Titel angedeutete Durcheinander wieder in Ordnung bringen wird. Dann aber nimmt das Ganze eine beunruhigende Wendung: »Ein hoffärtig Mädchen war sie. Über die Maßen schön, ja. Aber welch Kälte umgab ihr Herz, das festgeschnürt im linnenen Mieder auf und nieder pochte und doch kein Deut Mitleid empfand, weder für Mensch noch Tier.« – Eine hoffärtige Spinnerin? Der Vorwurf vernichtet die Schönheit als unmäßig, das festgeschnürte, linnene Mieder dient als Beweis für die eisköniginnenhafte Kälte. Das kommt der mittleren Tochter und ihrer Tüchtigkeit zugute, deren Vorliebe für das leuchtende Rot wie für Schal und Handschuhe sie offenbar nicht an der Hausarbeit hindert. Die Märchenattribute verlieren ihre Zeichenhaftigkeit. Und wenn der Vater sich für die Älteste als seine liebste Tochter entscheidet, dann findet sich für diese im Märchen ungewöhnliche Präferenz gegenüber der Jüngsten keine der gewohnten Begründungen: Im Spiel mit der goldenen Kugel gaukelt sie sich selbstvergessen durch den Tag und stört offenbar niemanden, da sie niemanden wahrnimmt. Der Märchenton weckt von Satz zu Satz Märchenerwartungen, die nicht erfüllt oder ins Unerwartbare umgebogen werden.

Aus dem Spiel mit den Erzählkonventionen führt – auch das ein Zitat – die Redewendung heraus, die schon bei den Brüdern Grimm den nach Raum und Zeit fernen Zustand des Märchens in die Handlung überführt: »Einmal traf es sich, daß eine dieser jungen Frauen einen Korb bei sich trug, in dem unter fein-gestickten Deckchen und Tüchern ein Leben vor sich zu gehen schien [...].« Die einsetzenden Fragen der jüngsten und der mittleren Tochter lassen beim Leser schon im voraus die Erinnerung an Rotkäppchens Begegnung mit dem Wolf wach werden, noch ehe die beiden Märchenerzähler mit ihrer Version herausrücken: »›Ei, was habt Ihr in Eurem Korb, daß er so wackelt und gackelt?‹ sprach die Jüngste. ›Wird doch nicht ein kleines Hühnchen mit langen Ohren sein oder gar ein Schwein mit samtenen Pfoten?‹, spottete die Mittlere [...].« So ähnlich hatte das Rotkäppchen, als es den Korb mit Kuchen und Wein zur Großmutter brachte, mit dem verkleideten Wolf geredet. Nur daß es jetzt der Wolf ist, der da plötzlich im Körbchen sitzt. Alles steht auf dem Kopf, und die reizvolle Bleistiftzeichnung von Sebastian Meschenmoser, in der der Wolf vom Rotkäppchen gleichsam aus dem geschulterten Korb ausgegossen wird, macht diesen Wirrwarr noch größer. Nachdem der Wolf schließlich die goldene Kugel der Ältesten hinuntergewürgt hat, wählt er unter den drei Töchtern die Mittlere, wirft sie sich auf den Rücken und springt zur Mühle hinaus. Die Älteste und Liebste eilt dem Räuber nach, vielleicht um ihm die Schwester, hauptsächlich aber die goldene Kugel abzujagen, während die Jüngste zu ihrem Jubel vom Vater verstoßen und einem armen Scherenschleifer als dem Ersten-Besten angetraut wird. Drei Singvögel sitzen bald in dem stillen Haus des Müllers. Denen gibt er nach Märchenbrauch und zur Erinnerung an die verlorenen Kinder die Namen: Hierhin, Dahin und Dorthin, wie denn auch das genauso benannte Märchen mit diesen Kreuz- und Querzügen der Handlung zutreffend charakterisiert ist. Erst im nachhinein merkt der Leser, während er den rasch sich umbildenden Motiven nachzukommen sucht, wie sehr die Willkür, wie sehr das Anhäufen und Auslöschen tragfähiger Motive in einem genau ausponderierten Spiegelungs-verfahren aufgehoben sind: Die junge Wolfsfrau, die sich unter der Folter in eine Krähe verwandelt hat, kehrt in dieser Gestalt als Todesbotin zurück und bricht dem Vater das Herz. Die drei im

Käfig sitzenden Singvögel werden im gleichen Augenblick wieder die drei Töchter, die zuwarten, bis die Not des Winters die Verursacher ihrer Begebenheiten ihnen erneut zuführen würde: Die Krähe wird eingesperrt, Rotkäppchens Wolf nach altem Brauch ausgeweidet, bis alle verschlungenen Märchenrequisiten wieder zum Vorschein kommen, die eingesperrte Krähe muß Nacht für Nacht ihr heimtückisches Treiben bedauern, weil das Fell ihres Schwarzen, Krausen, Wilden für immer über sie gebreitet ist. Die Umbrüche im Tonfall markieren nicht nur die Wendungen im Geschehen, sie sind auch das heimliche Gesetz dieser aus Scherben – allerdings leuchtenden Scherben – zusammengefügten Welt.

Zu einem anderen Stereotyp oder Grundelement greifen die Verfasser dieses Breviers: dem zersungenen Lied, dem zur Formel verkürzten Sinnspruch, worin schon die Heidelberger Romantiker, vor ihnen vielleicht schon Herder und Goethe, den Urzustand der Volkspoesie in Fragmenten aufbewahrt sahen. Das Märchen von den drei Kindern am Fluß hat einen solchen Rätselvers schon im Titel: »Reidober, reidober, im Wasser Zinnober«. Da ist es ganz in der Ordnung, wenn in der Geschichte selbst eine Spieluhr, die »ihre Melodie ohn Unterlaß in die Wellen trudelte«, und ein von dieser Melodie gewecktes Wasserliedchen der Nixen in sinntragenden oder Sinn nur anspielenden Wendungen einen gleichen Weltzustand umkreisen:

Reidober, reidober, im Wasser Zinnober,
Fidelack, fidelack, auf dem Grunde Smaragd,
Mit Perlen geschnürt, mit Muscheln verziert,
Reidober, fidelack, Hund und Rälling im Sack.

[…]
Dem Karpfen ein Schmaus, den Nixen ein Graus,
Reidober, fidelack, braucht ʼnen Diener fürs Pack.

Die Spieluhr stimmt an, die Wasserwelt der Nixen gibt den
Klängen eine Art raunenden Sinn, eine rätselhafte Bedeutung. In
der Art und Weise jedoch, wie die Versbruchstücke dieser
Märchengruseleien aufgerufen, abgewandelt und neu verdichtet
werden, tauchen auch immer wieder gegenwärtige Erfahrungs-
muster auf.
Eine Art Motivstrudel ist ein drittes Element, eine weitere Eigen-
art dieser Märchen. In »Der garstʼge Blubber« fängt die Geschichte
wie eine im Kindlich-Unglücklichen plakative Abwandlung des
Märchens von den Sterntalern an: »Es war einmal ein armes Kind,
das hatte keinen Vater und keine Mutter und keinen Anverwandten,
die sich hätten um es kümmern wollen. So lief es ganz für sich
durch die Welt […].« Die trostlose Litanei seines Jammers wird
durch den nächtlichen Anblick eines Feuers am Dorfbrunnen
unterbrochen. Da köchelt es im blankgeputzten Kupferkessel, da
will sich dem Hunger ein wahres Schlaraffenland öffnen. Dann

aber gehen Zuversicht und das vor Augen stehende Bild unversehens in ekelhafte Bewegung über, »als es vom Grunde des
Kessels her begann, heftig zu brodeln und zu gurgeln. Das Kind
zuckte zurück, hielt aber die aufgerissenen Augen fest auf den
Blubber, der immer eifriger aufquoll und sich so merkwürdig
kräuselte, daß das Kind mal buschige Augenbrauen, mal eine
Kartoffelnase, mal ein breites Maul zu erkennen glaubte.« Dann
beginnen die immer tiefer hinabstürzenden Abenteuer des armen
Kindes, das ihnen mit der gleichen wachen Aufmerksamkeit zu
folgen versucht wie Alice den ihren bei ihrem Sturz ins Wunder-
land. Aus dem Bodenbelag jedes Stockwerks brodelt jener unheim-
liche, vage menschenähnliche Blubber, dem das Kind eine Weile
den Haushalt führen muß und will, ehe das Auffinden eines
Schlüssels ihm zur Flucht verhilft, es zur Flucht verleitet. Ein altes,
im Westen wie im Osten gleich verbreitetes Märchenmotiv!
Blaubarts Frauen, die drei Kalender oder Bettelmönche in der
Geschichte vom Lastträger und den drei geheimnisvollen Damen
aus *Tausendundeiner Nacht*! – immer verheißt der Schlüssel die
Rettung; aber immer wendet er sich am Ende gegen den Finder.
Weil der Schlüssel alle Stiegen aufschließt, flieht die Kleine von
Stockwerk zu Stockwerk tiefer hinab, nur um immer neu vor dem-
selben gurgelnden Topf zu stehen, in dem ihre tote Schwester, der
tote Vater und die tote Mutter gefangen sind. Auch das Kind, wohl
im tiefsten Grund angelangt, stürzt in den Suppenkessel, und der
garst'ge Blubber schiebt schließlich einen gewaltigen Deckel über

den Rand und beschwert ihn mit allerlei Steinen: »Und hätten wir euch nicht davon erzählt, so wüßte niemand von dem armen Kind, weder, wie es gelebt hat, noch, wie es gestorben ist.«

Wie in allen anderen Geschichten von Ingo Schulze und Christine Traber faßt der Schlußsatz den nicht entwirrbaren Gang der Dinge in eine offene Erzählgeste zusammen. Vom Ende her offenbart sich ein Gedanke, der stets anwesend war, nun aber erst volle Sichtbarkeit gewinnt. Dieses der traditionellen Short Story entlehnte Verfahren ist eines der Elemente, die das Erzählte überraschend gegenwärtig wirken läßt. Ohne daß die beiden Autoren je den Mantel des Märchentons abstreiften, erzählen sie von uns. Sie nehmen den Märchenton ernst, finden in ihm aber zu einer Lakonie, die sie sowohl davor bewahrt, in Romantizismus abzugleiten, als auch davor schützt, sich durch wohlfeile Ironie von der Welt der Märchen zu distanzieren.

Die beiden länger ausgesponnenen Geschichten aus dem Märchen-Orient sind, ohne erkennbare Hervorhebung des Ganz-Anderen, zwischen die Volks- und Kindermärchen eingeschoben. Das ist, wie so manches in diesem Brevier, für den Leser auf den ersten Blick irritierend. Das Nebeneinander von morgen-ländischer Dekoration und deutschem Märchenton muß auch einem jungen Leser auffallen, der Märchen nur in Auswahl und in gekürzten, einfältigen Reduktionen kennt. Das Schneewittchen im gläsernen Sarg hat noch in der Walt-Disney-Version eine Waldweben-Ikonographie, eine völlig andere als die brennend-farbige Beschwörung der in magischen Schlaf versetzten Prinzessin von Basra in Alexander Kordas *Dieb von Bagdad*. Als um 1800, kurz hintereinander und im heitersten Wettbewerb, die alten Kinder- und Spinnrocken-Märchen von Charles Perrault und die sonnendurchglühten Chroniken von Harun al-Raschid, vom fliegenden Ebenholzpferd und vom Geist aus der Flasche durch den Orientalisten Antoine Galland der Vergessenheit entrissen und dem abendländischen Lesealltag zugeführt wurden, bestanden hundert Jahre lang zwei Typen der Gattung nebeneinander: Das von der Großmutter am Herd nacherzählte »Volksmärchen«, das später die Brüder Grimm mit dem Märchen selbst gleichsetzten (»Es war einmal ein König, der hatte einen großen Wald bei seinem Schloß«, so – in Ort und Zeit auf unbestimmte Ferne dringend – der Anfang des Märchens vom Eisenhans). Und dagegen die von umherziehenden Märchenerzählern einer zusammengewürfelten Hörerschaft rezitierte und beim Reden abgewandelte Wunder- geschichte, die sich in unabsehbare Weiten verlieren kann, stets jedoch am genannten Ort und zur bestimmten Zeit zu erzählen anhebt (»Unter der Herrschaft des Kalifen Harun al-Raschid lebte zu Bagdad ein Lastträger«, so der Anfang der langen, episoden- reichen Geschichte von Sindbad dem Seefahrer, die Scheherazade in der 73. Nacht ihrer Schwester Dinharazade und dem Sultan zu erzählen beginnt). Die Zuhörer auf den Märkten waren miß- trauisch in allem, was die unmittelbar sie umgebende, sinnliche

Wirklichkeit betraf, gläubig und staunend dagegen vor dem, was in
weiten, nur dem Namen nach bekannten Entfernungen an unbe-
tretbaren Messing-Städten, in den Himmel ragenden Zitadellen
und verbotenen Paradiesen auf den Reisenden wartete. Die genau-
este Benennung der Herrschaftszeit und des Orts, die Beobach-
tung der Bräuche und Lebensweisen bis in den Geschmack der
Speisen und Gewürze hinein ist für *Tausendundeine Nacht* die Voraussetzung und der Rahmen aller Märchenwunder.

Da ist alles, wie Hofmannsthal in seiner Einleitung zu dieser
Sammlung formulierte, Ableitung aus uralten Wurzeln, mehrfach
deutbar, alles schwebend, aber doch so, daß auch in den ent-
ferntesten Bedeutungszusammenhängen die sinnliche und hand-
feste, ja grobe Alltäglichkeit für den Hörer, als der ja auch der
Leser gedacht ist, immer sichtbar bleibt. Wenn spätere Romantiker
mit der Vertauschung des Genres experimentierten, blieben die
gegensätzlichen Muster erkennbar. Im zweiten von Wilhelm
Hauffs Märchen-Almanachen erzählt der deutsche Sklave dem
Sheik von Alexandria das Märchen vom Zwerg Nase und macht
seinen Herrn ausdrücklich auf die Nähe und Ferne des deutschen
zum morgenländischen Erzählen aufmerksam. »Herr! Diejenigen
tun sehr unrecht, welche glauben, es habe nur zu Zeiten Harun
al-Rashids, des Beherrschers von Bagdad, Feen und Zauberer
gegeben, oder die gar behaupten, jene Berichte von dem Treiben
der Genien und ihrer Fürsten, welche man von den Erzählern auf
den Märkten der Stadt hört, seien unwahr. Noch heute gibt es

Feen, und es ist nicht lange her, daß ich selbst Zeuge einer Begebenheit war, wo offenbar die Genien im Spiel waren, wie ich Euch berichten werde. – In einer bedeutenden Stadt meines lieben Vaterlandes, Deutschlands, lebte vor vielen Jahren ein Schuster mit seiner Frau, schlicht und recht.« Und damit sind wir Leser, während wir uns noch in Ägypten befinden, unversehens wieder ins »Es war einmal« der Brüder Grimm zurückgekehrt. Dagegen berichtet im dritten Almanach, dem *Wirtshaus im Spessart*, der Jäger seinen Leidensgefährten, ohne weitere Erklärungen abzugeben, Saids Schicksale so, als hätte er sie eben in *Tausendundeine Nacht* gelesen. Hans Christian Andersen verwendet in seinen so persönlich geprägten Märchen morgenländisches oder exotisches Kolorit nur sparsam und dann meist in ironischer Brechung wie in der berühmten Geschichte »Die Nachtigall«, deren Handlungsraum er ganz aus den Chinoiserien des 18. Jahrhunderts als Erzähler entwirft: »Des Kaisers Schloß war das prächtigste auf der Welt, ganz und gar aus feinem Porzellan …« Wenn Andersen aber in den einheimischen Märchen, etwa den »Galoschen des Glücks«, gelegentlich auch die Wirklichkeit Kopenhagens, nach orientalischer Manier, in seine Märchenverwandlungen hineinwebt, so konnte er, umgekehrt und in aller Behaglichkeit, im »Reisekamerad« die Turandot-Geschichte mit allen Einzelheiten den Quellen nachgestalten, ohne auch nur einmal den geographischen Ort, den Kaiserpalast in Peking, zu erwähnen. Und gar in der berühmtesten von allen seinen Geschichten (außer der »Meerjungfrau«) – »Der fliegende Koffer«, in der schon auf bizarre Weise der fliegende Teppich der arabischen Märchen durch einen im Speicher aufbewahrten, von einem Freund geschenkten, alten Reisekoffer ersetzt ist, läßt Andersen seinen nordischen Kaufmannssohn ins Türkenland fliegen und dort erst der schönen Prinzessin, dann dem König, der Königin und dem ganzen Hof ein Andersen-Märchen über ein Bund Schwefelhölzer erzählen, so die eigene und die Grimm-Tradition den staunenden Türken als Exoticum vorstellend! Der junge Hugo von Hofmannsthal hätte über solch arabeskes Erzählgestrüpp den Kopf geschüttelt. Als er im »Märchen der 672. Nacht« das tödliche Abenteuer des schönen, ohne Eltern aufgewachsenen Kaufmannssohnes, der sich von seinen Dienern in den Tod getrieben fühlt und elend im Schmutz der großen Stadt verendet, mit allen Zügen der »Märchenhaftigkeit« des Alltäglichen, des Absichtlich-Unabsichtlichen, des Traumhaften versah, fiel er nicht für einen Augenblick aus der Anschauung und dem Tonfall heraus, mit dem in den originalen arabischen Märchen die nächtlichen Erlebnisse des verkleideten Kalifen erzählt wurden. Das alles Schöne zerstörende Wien ist ganz in das vom Verhängnis umdrohte Bagdad oder in eine andere der düsteren Metropolen des Ostens verwandelt. Erst viele Jahre später, in der Prosafassung der *Frau ohne Schatten,* hat Hofmannsthal, in beibehaltener Gleichnisstruktur, dem Orient die Sphäre des Geheimnisvollen und Wunderbaren, als wäre *Tausendundeine Nacht* in integrum zu erwecken, wieder zurückgegeben.

Vergegenwärtigt man sich diese vielschichtigen Beziehungen, so verwundert oder gar befremdet das in diesem Märchenbrevier als selbstverständlich vorausgesetzte Neben- und Miteinander von Grimmscher und orientalischer Tradition, die Verspiegelung von Abendland und Morgenland im Erzählten, nicht mehr.

Für die Autoren spielte, eigenem Bekunden nach, Franz Fühmanns Essay »Das mythische Element in der Literatur« eine ihnen die Augen öffnende Rolle. An Matthias Claudius' »Abendlied« an einem Jean Paulschen Sonnenuntergang und an Molly Blooms Schlußmonolog im *Ulysses* hatte Fühmann eindringlich gezeigt, wie erst der im Wort wachgerufene Mythos einer Vergegenwärtigung von innerer und äußerer Natur glaubwürdige Wirklichkeitsnähe verleihe, Realismus. Dabei kam Fühmann auch auf das Märchen zu sprechen: »Ich glaube, ohne mich auf einen Abkunftsstreit einlassen zu wollen, daß *ihrem Wesen nach* Märchen gesunkene Mythen sind, Endfassungen von Mythenstorys, aber in einer Qualität, die schon nicht mehr Mythos ist und daher einen Vergleich mit ihm erlaubt.« Märchen als gesunkene Mythen interpretiert Fühmann dahingehend, daß der Widerspruch von Böse und Gut, der im Mythos innerhalb einer Figur lebt und wütet, im Märchen auf verschiedene Figuren aufgeteilt wird und somit Gut und Böse mit Sicherheit zu erkennen sind. Nicht das Phantastische macht nach Fühmann das Märchenhafte aus, sondern diese klare Trennung der Widersprüche, die es aber im

Alltag so nicht gibt. Folgt man der Fühmannschen Sichtweise, dann haben Ingo Schulze und Christine Traber versucht, die Märchen wieder zu »heben«, ihnen das mythische Element zurückzugeben und den Widerspruch in die einzelne Figur zurück zu verlagern.

Für die Autoren, überhaupt für Schriftsteller der Gegenwart, ist noch ein weiterer Aspekt wichtig und für das eigene Schreiben anregend: das des fragmentierten, in Gebärden aufgelösten Sprechens. Die zu Redewendungen abgeschliffenen Wahrsätze, die formelhaften, magisch wirkenden Wortverbindungen, die beschwörenden oder bloß im Rhythmus stimulierenden Fluch- oder Segensverse, vor allem aber der nach Belieben für die Argumentation einzusetzende Tonfall des Sprechens – das sind die geheimnisvollen, in Tropen aufgelösten Urelemente der Sprache, die einfachen Formen des Erzählens, von denen Christine Traber und Ingo Schulze ausgehen. Die aufgesammelten Brocken und Scherben von noch immer nachglitzernden Redewendungen treten zu immer neuen Mustern zusammen wie in einem immer neu gedrehten Kaleidoskop. Sie ergeben Sinn, sie heben Sinn wieder auf, ohne daß dadurch die Reminiszenz an den einstigen Zusammenhang der Dinge im Mythos ganz aufgegeben würde.

»An jenem Meer, das im Orient beginnt und dessen Wasser bis über den Rand der Welt fließen, lebte einst ein Sultan, der wegen seiner Gerechtigkeit und Güte von seinem Volke geliebt wurde.«

Der malerische Anfang der Geschichte »Vom harthörigen Sultan«
lebt von der morgenländisch-blumigen und emphatischen
Benennung des Handlungsortes. Auf ihn wird wie zur Erinnerung
hingewiesen, als wüßte der Hörer, welches Meer im Orient
beginnt und über den Rand der Welt hinausfließt. Alle Einzelheiten über die bei jedem Rennen gewinnenden Kamele, über die
verschwenderische Pracht der Geschenke an die Frauen des
herrscherlichen Harems – in blasphemischer Anspielung auf die
hundert Namen Allahs will der Sultan seinen 99 Frauen eine
hundertste hinzufügen – ergeben kein in sich stimmiges Sittenbild,
wie es die Illustrationskunst des 18. und 19. Jahrhunderts uner-
müdlich für die Contes orientaux in tausendfacher Variation
hervorgebracht hat. Im Gegenteil: da das Spiel mit den Zahlen
99 und 1 schon einmal eingeführt ist, wird auch die Unruhe unter
den Haremsdamen in höchst westlichen Zahlenverhältnissen vom
stockend sprechenden Großwesir erklärt. Nur 33 Frauengemächer,
davon nur 22 bewohnbar, und – bloß 11 mit Bad. An welchem Ende
der Welt mag dieser Harem errichtet sein, dieses in einen Palast
verwandelte Zweisternehotel? Der Erwartungsbruch ist um der
Wirkung willen überspielt, wird aber im Rückblick als das leitende
Prinzip dieser Erzählkunst erkennbar.

Diese Märchen leben von solchen Umbrüchen, von solchen immer
weiter, bis an den Abgrund oder an eine Felswand geführten
Holzwegen des Erzählens. Die Sprache hört sich selber zu, nimmt

das schattenhaft Zitierte als Herausforderung zum Verändern an und biegt erst um, wenn ein neuer Ton oder eine andere Redewendung, nicht aber wenn sich nur ein Motiv in den Weg stellt. So schnurrt die breit angelegte Erzählung, wie der Sultan und sein Harem, die Schönste der Schönen nicht ausgenommen, von den Seeräubern wüst bedrängt werden, unversehens in einen befremdlichen, aus weitem Zeitabstand nachgetragenen Satz zusammen, der den Anfang wie einen Refrain wiederholt: »Auch unzählige Monde danach […] sangen die Menschen noch Lieder auf die Güte und Gerechtigkeit jenes Sultans […].« Und ähnlich läuft auch das Schlußstück der Sammlung, »Die Geschichte vom Großwesir und seiner Geschichte«, in eine unendliche, im Titel schon angedeutete Wiederholung aus. Waren schon alle Erzählungen aus den Tausend Nächten und der Einen nur Episoden in der Rahmengeschichte um Scheherazade, und diese vielleicht wiederum nur eine Welle inmitten der Märchenströme, so wird mit dem Schicksal des Großwesirs und der von ihm erzählten Geschichte auch das Erzählen von Geschichten selbst zum Gegenstand: Das Ganze wird zu einer sich in alle Ewigkeit fortspielenden Melodie, deren Anfang wir nicht kennen und deren Ende wir nicht zu fürchten brauchen, solange wir sie weitererzählen. Eine Melodie, die die Welt zum Klingen bringt, wenn sie Gehör findet, und verstummt, sobald sich ein falscher Ton einschleicht oder Harthörigkeit die Ohren verschließt.

Ingo Schulze und *Christine Traber* fügen vertraute Motive zu neuen Geschichten, deren Melodie sich wie von selbst zu ergänzen scheint, so sehr haben wir den Klang der Märchen seit Kindertagen verinnerlicht. Doch von nostalgischer Verklärung ist hier nichts zu spüren. Wo Märchen und Mythos ineinandergreifen, entsteht Raum für Widersprüche: Die Figuren verlieren ihre Eindeutigkeit. Was ist gut? Was ist böse? Fragen, die ebenso uralt wie gegenwärtig sind.

Sebastian Meschenmoser schafft hierzu zeichnerisch Bilder, in denen das Ungeheuerliche seine Wirkung behauptet.

Ingo Schulze, 1962 in Dresden geboren, studierte klassische Philologie in Jena und arbeitete in Altenburg als Schauspieldramaturg und Zeitungsredakteur. Seit 1993 lebt er in Berlin. Seine Bücher wurden vielfach ausgezeichnet und in mehr als 30 Sprachen übersetzt.

Christine Traber, 1964 in Stuttgart geboren, hat Kunstgeschichte und Theaterwissenschaften in Berlin studiert und war Cheflektorin eines Kunstbuchverlages. Heute lebt und arbeitet sie als freie Redakteurin und Autorin in Stuttgart.

Sebastian Meschenmoser, 1980 in Frankfurt/Main geboren, studierte Freie Bildende Kunst in Berlin und Dijon. Er lebt und arbeitet in Berlin. Mit seinem Debüt im Kinderbuch »Herr Eichhorn und der Mond« wurde er 2007 für den Deutschen Jugendliteraturpreis nominiert.

1 2 3 4 5   17 16 15 14 13

ISBN 978-3-446-24405-4
© Hanser Berlin im Carl Hanser Verlag München 2013
Alle Rechte vorbehalten
Umschlag: Gemälde von © Sebastian Meschenmoser
Satz im Verlag
Druck und Bindung: CPI – Ebner & Spiegel, Ulm
Printed in Germany